山海亦可平

[illegible]

只要他在这世上一日，
就能庇护她一日
不受颠沛流离，不无枝可依
哪怕他永远只是荏南的大哥。

满丁星

荏南

REN NAN

满河星 著

江苏凤凰文艺出版社
JIANGSU PHOENIX LITERATURE AND ART PUBLISHING

图书在版编目（CIP）数据

茌南 / 满河星著 . -- 南京 : 江苏凤凰文艺出版社, 2023.10

ISBN 978-7-5594-8013-2

Ⅰ . ①茌… Ⅱ . ①满… Ⅲ . ①长篇小说 – 中国 – 当代 Ⅳ . ① I247.5

中国版本图书馆 CIP 数据核字（2023）第 190453 号

茌南

满河星 著

责任编辑	丁小卉
特约编辑	眸　眸　小　瓢　李文结
封面绘制	螺丝辣翅面
封面设计	天然星
责任印制	刘　巍
出版发行	江苏凤凰文艺出版社
	南京市中央路 165 号，邮编：210009
网　　址	http://www.jswenyi.com
印　　刷	长沙鸿发印务实业有限公司
开　　本	880 毫米 ×1230 毫米 1/32
印　　张	9
字　　数	165 千字
版　　次	2023 年 10 月第 1 版
印　　次	2023 年 10 月第 1 次印刷
书　　号	ISBN 978-7-5594-8013-2
定　　价	42.80 元

目录 Contents

目录

Contents

第一章

乖囡囡

ren nan

天色渐晚，登达仕街的煤气灯准时在六点亮起，映照着空中飘洒的淅淅沥沥落下的雨点子。巷尾人家的紫罗兰开得正艳，还种了一捧大叶青藤，挤挤攘攘地堆砌在墙上，在绵绵细雨中勉强开辟出一小方避所。

青藤下，一只细白的手伸出，去接从叶尖落下的雨滴，玉色的小臂在昏暗的巷道中隐隐发着微光。江荏南倚在墙上，听着墙内小楼中留声机里传来的《忆儿时》——“回忆儿时，家居嬉戏，光景宛如昨。”

她百无聊赖地踢着石子，纯白的棉袜包着小腿，脚上蹬着一双玛丽珍鞋，绑带缚住纤细的踝骨，上面本来还有个蝴蝶结，被她拿小刀偷偷割掉了，她不喜欢那样幼稚的款式。

棉质百褶裙随着她的动作在膝头荡来荡去，她上面穿着一件蓝竹布褂，袖口翻起，缝着三颗米粒大的珍珠充作袖扣。

两条乌黑的大辫子搭在胸口，如今的摩登姑娘都时兴烫水波纹头，便是没那么多钱去理发店电烫的女学生，也喜欢买了火剪自己烫，唯有江茬南依然老老实实地梳着旧式的发型，顶多是从幼时的双圆髻变成了现在的麻花辫。

她的发辫扎得紧，额上露出一排细软的胎毛，为她添了三分稚气。江茬南额头饱满，眉毛舒淡，一双眼如杏儿一样圆圆的，衬出几许幼态。天生的浅瞳泛出琥珀的色彩，樱唇点点，脸不过巴掌大，在暮色中显得格外可怜。

远处一道强光照了过来，茬南半眯着眼望去，一辆普利茅斯静静驶来，停在她身前，没溅起一点水花。

江茬南走向前座的车门，试了两下，却没有拉开，这才去开后座的车门，果不其然，这次便没了阻碍。她用手敛着裙摆，小心地坐了进去。

江茬南不敢坐实，只浅浅占了皮椅的三分之一，两只幼白的膝盖虚虚靠拢，把裙子小心压好，才悄悄转头看向侧边。

“大哥。”她轻声唤着，声音跟家里养的波斯猫咪咪一样怯生生的，又透着十分的乖巧。

那人没有立时答应她，只闲闲地翻过一页报纸，扫了一眼腕上的陀飞轮，没有说话。

她知道他这是觉得自己回来得太晚了，一个乖乖女，这时候应该老实认错，她也是这样做的，可惜刚道完歉就忍不住辩驳道：“今天同学们出板报，大家都走得晚，不单单是我一个人。”

她轻轻咬着下唇，有些稚气的样子，像极了咪咪困在毛线球中时气呼呼的憨态，恃宠而骄，直等着主人去哄它。

那人也是如此做的，他漫不经心地拍了拍她的头，随口哄着：“乖。”

荏南得到了慰藉，便收起那点小脾气，开始真的认起错来，说：“大哥，我知道这么晚应该打电话叫车子来学校接我的，可是大家都走了，我一个人留在学校里等会有点害怕，以后我一定乖乖地提前告诉家里。”

没有什么比一个纯洁的少女可怜而真诚的恳求更能打动人了，更何况这个少女全身湿淋淋的，胎发粘在额头上，一两缕不听话的发梢从辫子中微微翘出，还在往下滴着水，百褶裙浸了水，沉沉地搭着细幼的小腿，白袜中的一只松脱开来，堆在小腿上，露出泛着粉色的膝盖。

荏南知道她的大哥平时最喜欢看她这样乖巧无害的模样，于是偷偷地望向他，悄悄地观察着。然而，她的打算落了空，那人藏在金丝眼镜后，逆着光，她看不清他的表情。

忽然，他抬起手，揉了揉荏南的头，这次他哄得显然认真多了，将她的头发揉得乱茸茸的，带着笑意斥道：“花言巧语。”

他放下手时，掌心微微擦过她的耳廓，她急忙转开了脸，望向窗外，拨弄头发，掩饰自己立刻泛粉的耳垂。

汽车停在洋房前，早有殷勤的用人送了伞来，明明拿了两把，茌南却只作不知，如一尾小鱼一样钻进了大哥的伞下，那人看了她一眼，到底没说什么，带着她穿过花园，向楼里走去。

她得逞一般地抿唇笑了下，在大哥看不见的地方，青葱一样的手指悄悄攀上他的手肘，却只敢轻轻攀着西装折起的一点褶皱，不敢握实了，怕被大哥发现她的小心思。可是，哪怕这样，她心里也涌起隐秘的快乐，如同肥皂泡一样轻飘飘的，快要飞上了天。

然而，这些泡泡立马就被戳破了，因为她看到了一双高跟鞋，京羊皮、大红色的，鞋跟尖细，鞋头收紧的线条充满了女人味。她立时成了锯嘴葫芦，收回了手，一言不发地跟了上去。

果然，还未进饭厅，茌南便见到了那位大小姐，她是最摩登的新时代女性，烫了水波纹头，喷了巴黎香水，穿着英式高跟鞋和美国丝袜，即便是穿旗袍，也要把叉开到大腿。

大哥才不喜欢这样的呢，大哥喜欢……他喜欢……

她也不知道大哥喜欢什么样的，大哥喜欢她乖巧的学生样，可那只是对妹妹的关爱，不是对女人的喜欢，不带占有欲。

茌南看着魏芊芊妩媚的笑，心里暗暗腹诽，嘴巴涂得那么红，小心待会儿吃饭时印在杯子上，眉毛画得细而飞，简直快要飘到太阳穴去了。

她想了一会儿，又觉得自己这样想他人的坏处实在是很没意思，也难看极了，不管怎样，大哥肯定不会喜欢这样幼稚而丑陋的心思。

荏南不得不承认，她确实在嫉妒，嫉妒魏芊芊能够作为一个异性、一个貌美的女人站在大哥身侧，能够轻柔地唤他的字——抱朴。

不过，她也有自己的精神胜利法，她总是叫他大哥，即便壮着胆子说气话的时候，也只叫他的名字，江庆之。这世上能叫他的字的人很多，可是能叫他大哥的女人只有她一个。

“荏南回来了？快洗手吃饭吧，今天张妈做了你喜欢吃的珍珠丸子，待会儿多吃几个。”

要你好心！

“好啊，张妈在我们家待了这么多年，自然知道家里人喜欢吃什么。”

我和大哥才是家里人，哪需要你一个外客在这里充作主人。

“你年纪小，该多吃些，才能长得高、长得快。”

“是啊，上次大哥送我的旗袍都短了两寸，大哥你能再带我去一趟张记裁缝店吗？”她才不理魏芊芊明里暗里说她是小孩的话，成功转移了话题。

“礼拜六我要参会，礼拜天下午带你去。”江庆之答应了，顺便夹了筷笋尖炒茭白给她。

茬南吃饭很不省心，总是挑食，小时候曾有一个月天天将早餐中煮好的鸡蛋偷偷放到小书包里，去喂隔壁家养的西施犬，直到有一天被回家拿文件的大哥抓了个正着，之后江庆之就养成了盯着她吃饭的习惯。

魏芊芊不愧是在情场翻腾过的摩登女郎，听了这话连眼神都没变过一丝，笑吟吟地开口："我们茬南是大姑娘了，不仅可以做两身旗袍，还可以做套洋装，就去荣昌祥呢绒洋服店，如今受欢迎得很。"

茬南最厌烦她这副自己人的口吻，明明不是大哥的未婚妻，也不是大哥的女朋友，甚至都算不上什么红颜知己，可毕竟是世交，魏芊芊便含含糊糊地以半个姐姐自居，三不五时地出现在江公馆。

她数着米饭粒，没有应声，可江庆之瞄了她一眼，她顿时觉得委屈得不行，勉强应了一句："不用了，魏姐姐，大哥会带我去的，就不麻烦你了。"她埋头装作吃菜，一下吃了好几颗珍珠丸子进去，嘴巴塞得鼓鼓囊囊，眼睛还有些泛红，活像小时候她闹着养过的荷兰鼠进食的样子。

魏芊芊占了上风，便专心招呼起大家用饭。茬南见不得她这副样子，连最爱吃的丸子也如鲠在喉，勉强吃了几口，就装作累了上楼去了。

等到她甩动着的辫子消失在转角，魏芊芊才一副随意的样子谈笑道："茬南实在是还小，稚气得很。"背地里说人是非是最笨的办法，魏芊芊不会犯这种错，一团和气才是成熟女性的风范。然而，她等了一会儿，也不见任何回应，气氛便有些冷了。她随即转换了话题。

待晚饭用毕，江庆之用一种疏离而客气的口吻对她说："魏老的意思我了解了，今日辛苦你了，我叫人送你回去。"魏芊芊努力让挂在脸上的笑容显得真挚，同样客气地告辞了。

江庆之看了会儿报纸，客厅的德国赫姆勒摆钟敲到第九下的时候，他放下报纸，起身上楼，路过荏南的房间时，看见灯还亮着，本不打算管，惯得她脾气越发大了。

可抬脚要走的时候，他想着江荏南那个体质，最容易胀气胃痛，今日受着气用饭，怕又是要不痛快了，他叹了口气，站在门前敲了两下，却没人回应，于是便推门进去。果不其然，他看见荏南趴在床上，头闷在枕头里，明知他进来了还是一声不吭。

他今日赶了几场会，还场场都要发言，已经有些疲乏了，此时却还是耐着性子哄小猫似的哄她。

"不许任性了。"

他不哄还好，一哄，荏南反而更加委屈，本已经平复的情绪立刻又逼了上来，让她眼眶一下子红通通的，噙着满满的泪水，偏还不肯示弱，绝不让它掉下来。

"我就任性，就任性，你要是不喜欢我这样，那你就……你就不喜欢好了，我才不要你喜欢呢。"明明是撒气的话，却把自己说得越发委屈，那泪珠子眼看就要包不住了，粘在睫毛上欲落未落。

江庆之看她这副小可怜的样子，到底先松了口：“礼拜天乖乖待在家，我让人来接你。”荏南瞪着眼瞧他，还在等着下一句话，江庆之轻笑了下，又说道，“我带你去。”

这便是给了承诺了，只会有他们两个人，荏南见好就收，一下子雨过天晴，展露笑颜。

“又哭又笑，真是个花猫。”江庆之取笑她，荏南却不生气，花猫就花猫，只要得偿所愿，便是荷兰鼠她也当。

江庆之在她面前一向容易放松些，他取下戴了一天的金丝眼镜，放到一边，闭眼揉了揉眉间，荏南看他累了，不敢再吵他，从床上爬下来，乖乖地坐到他身边，也不敢做些什么，只是静静地陪着他。

江庆之闭目休息了一会儿，然后便重回江家大家长的身份，交代荏南好好上学，便回房休息了。

等他离开了许久，直到确认他不在附近了，江荏南才拿起他遗落的金丝眼镜，无比轻地落下一个吻。

西番莲雕饰的床头柜上，小巧的黄铜摆钟发出轻微的嘀嗒声，时针指向十二时，这个点已经过了荏南平日里入睡的时间，她的作息一直很规律，通常十点半后便准备入睡了。

可她此时还瞪着大大的眼睛，窝在被子里，像只小猫似的蜷成一团，稚气极了。荏南想到礼拜天能霸占大哥大半天的时间，心中便忍不住生出欢喜。

大哥要带她去裁缝店，她一定要慢慢地试，多试几套，让大哥看看。

她可不要再做类似上次那套明黄色的旗袍，特别是配上素馨花纹样，看上去实在太小孩子了，一点都不像个成熟的女性。

她这次也不要珍珠做扣了，要用蜜蜡，或者琥珀，这才有韵味。

旗袍上她要让师傅绣月季，大朵的那种，像春日家里花园开的那样，最好让大哥一看见花园就想起她穿旗袍的样子才好。

腰要掐得紧紧的，不能像之前那样松松地拢在身上。

叉要开得再高两寸，她的腿生得漂亮，合该露一些出来的。

最好能让大哥挪不开眼才好呢，她一想到那个画面就禁不住笑成了蜜。

可随即她就皱起了眉毛，万一大哥不觉得好看怎么办？大哥老是不喜欢她穿着打扮太过成熟，上次也是试了好多，他才点了头。

荏南想穿大哥中意的衣服，但又想让大哥看看，她已经长大了，是个漂亮的大姑娘了。

茌南陷入无谓的纠结当中，一会儿偷笑，一会儿叹气，少女的心事在脸上显露无疑。

她翻腾够了，又在欢喜里生出一点忧愁。大哥不喜欢她穿那些把身体裹得紧紧的衣服，不喜欢她把头发烫成妩媚的波纹，不喜欢她的腿在旗袍叉缝里随着走动若隐若现，不喜欢她的唇染上一抹颜色，不喜欢她的眼睛添上一笔浓黑的眼线。

说到底，大哥将她当作一个小妹妹，喜欢她当一个小妹妹。

她对大哥而言，永远是那个会把早餐中的鸡蛋偷偷藏起来，去喂西施犬的小姑娘；是那个在他回家时飞奔出来却被台阶绊了一下，哭得脸都肿了，非要他抱在怀里哄半小时才哄好的小妹妹；是那个偷偷摸进书房把文件翻乱，结果头一次被打了屁股的小活狲。

她在大哥的眼里大概是纯洁而天真的吧。

可她在别人的眼里呢，在魏芊芊的眼里呢？大概不是吧，否则魏芊芊为什么暗暗针对她。茌南不讨厌，也不害怕这种针对。

茌南知道，她是养女，毕竟不是亲兄妹，从小一起长大，随着她出落成大姑娘，自然会被议论。

她有时会好奇，在外人眼里的大哥和她是怎样的？

在他们的眼里，大哥的手是否拂过她的头发，顺着细密的发梢滑过她的背，缚住她的腰？

她不害怕，甚至渴望，比起被当作江家小少爷默认的以后的未婚妻，她愿意接受这些非议，愿意他人用奇怪的眼光打量她和大哥。

这种眼光不仅是对着她的，也把永远克己复礼、端正温厚的大哥拉下了神坛，让他永远平静的脸染上不一样的色彩。

只有如此，她与大哥才是一个女人与一个男人，两片天生该结合在一起的拼图。

她从来都知道，自己不是乖女，不过是大哥喜欢，她便做他喜欢的乖囡囡，只要能赢得大哥的视线多停留一秒，她便觉得世界上再也没有比这更开心的事了。

所以，她不羡慕女朋友新去烫的头发，不羡慕她们能蹬着在百货商店买的高跟鞋，不羡慕她们涂丹琪的口脂，只羡慕她们能大大方方谈起喜欢的人，将那份爱意摊在大太阳底下。她们的心是最干净的奖赏。

不像她的爱，注定隐晦扭曲，是大哥光明人生中隐藏的阴暗。

江庆之总是习惯戴一副金丝眼镜，最常见的圆框，没有什么特别，摘下便和眼镜店里陈列的样品几乎没什么分别。

他外表装扮一向只求一个“不逾矩”，司里的同事着什么，洋服店橱窗里摆什么，他就穿什么。

只有江家幺妹，他的乖囡囡，总是喜欢比着画报上的洋人模特，给他添些时兴物件。

金刚石的袖扣，犀飞利牌的可视墨水钢笔，进口的海军衬衫，有时还会混进她的自制品，例如绣了青竹的手帕。

江庆之都面不改色地收下了，然后零星用着，今天配一件，明日戴一双。好些东西茌南自己都不记得了，江庆之还是把它们都保存下来了。

但是眼镜除外，江庆之戴惯了这副。他用东西还算爱惜，又有些恋旧，因此便一直没换。

茌南偷偷拿了眼镜没还，因为这是最常伴着大哥的东西，她只想独占一晚，只一晚就还给大哥。

她躺在被窝里，鹅绒被轻软软的，像朵云一样托着她。茌南像个笨蛋一样对着眼镜说话："大哥大哥，你最喜欢谁啊？"她又压低自己的嗓音，说，"我最喜欢囡囡啊。"

她愣了一下，重新来过。

"大哥大哥，你最喜欢谁啊？"

"我最喜欢我的亲爱的。"

"谁是你的亲爱的呢？"

"茌南是我的亲爱的。"

她乐坏了，在床上为自己的幼稚无聊而捧腹大笑。

等笑够了，她便把眼镜抱在怀里，埋头想着大哥今天在车上的样子。

她挨着大哥，闻到潮湿的味道，可大哥明明一直坐在车里，大概是她的潮气沾到了他身上吧。她已经淋湿了，分不出来自己的，却能辨认出大哥身上被她传过去的潮气。

这是因为里面混着烟草的味道，她不喜欢人抽烟，但是大哥除外。

大哥总喜欢古巴来的烟草，她也分不清那些东西，但是只要那味道沾上了大哥的身体，就变得格外令她迷恋，有些冲，但又令人难以自拔。

荏南觉得那股味道仿佛又出现了，如细小的藤蔓一样缠绕着她。

她沉浸在自己的世界里，没有听到门外远去的极细微的脚步声。

傍晚，江庆之的办公室。

江庆之的办公室并没什么过分华丽的装饰，所有的摆具全是黑核桃木做的。

他刚刚从会场回来，讲了一派废话，可坐在他这个位子，这样的废话不能不说，而且要多说。

积了一天的文件等着他批阅，秘书敲门进来，江庆之从眼镜边缘望了他一眼，手下签字却一点没停。

秘书报告江公馆打来电话说小小姐还没到家，学校那边放学时间已经过了好久了，问要不要让家里的车子去接。

这种小事情本来是不会拿来打扰他的，就连二弟江明之出国前和同学跳舞打牌跑马，只要不是夜不归宿，他也一概不过问的。

可是，家里毕竟只有一个乖囡囡，所以她从小到大的一应事情都是要江庆之点头的，天色已经晚了，茌南还没回家，所以家里用人就打电话到司里来请示他。

“不用去接她。”江庆之吩咐了一句，就让秘书出去了。招呼不打便晚归，她被惯得越发任性了。

江庆之继续批文件，他做事一向专注，因此批阅的速度极快。

突然“啪”的一声，风吹开了没关好的窗户，他起身走到窗边将它重新关好，却没有立时回座位，花窗玻璃的暗色投在他脸上，忽明忽暗。

江庆之叹了口气，拿了大衣下班。

还没到亮灯的时候，天却因为下雨有些昏暗，江庆之坐在车里，雨滴簌簌打在车窗上，印出的水痕蜿蜒，他便透过那水雾望向车外，不知在想些什么。

司机先去了一趟学校，早已人去楼空，江庆之便心里有数了，让照常开回家里，还特意绕回去，走的是从公司回家的那条路，而不是从学校回家的那条路。

果然，在他上下班最常经过的巷子里，他找到了茌南。

既然人找到了，江庆之便不急着过去，他让司机将车停在远远的地方，看着她靠在墙上，青萝的藤蔓快垂到了她身上，叶尖汇聚的水滴跟珠串一样簌簌往下落。她微抬着头，一只脚蹭着地，一下一下往外踢，一副无聊的样子，偏偏脚抬起的动作还合着远处传来的歌声的拍子。

他就这么看了一会儿，车窗开着，一丝丝雨飘了进来，落到他的袖口上、肩膀上，慢慢浸得有些湿了。

然后，他才摇起车窗，吩咐司机往前开，直到停到她面前，看到她被车灯刺得半眯着的眼一下子瞪圆，然后弯成月牙似的笑眼。

她往前座走去，但早被江庆之吩咐落锁，于是乖乖坐到后面来，坐到他身旁。他看着荏南轻轻嗅着什么，又自以为隐蔽地偷偷看他，于是他把浸湿的半边身子往里隐了隐，不让她发现。

等到了家，他看了眼张嫂递过来的两把伞，随手拿了那把大的黑伞，撑开便径直往里走，只将伞往右偏了几寸。

果然，荏南噙着笑钻到他伞下面，江庆之看了她一眼，没说什么，继续往里走，途中黑伞几不可见地再往右移了一点，于是他的肩膀便全湿了，不过之前本来就打湿了，所以倒也无所谓了。

江庆之的右边袖子悄悄往后缩了一些，微微皱起，右手腕上的手表因此露了出来，他低头看到，却只作不闻。

每次荏南都喜欢悄悄揪着他肘部的衣褶，却总以为他不知道，他不懂这有什么好开心的，不过既然她喜欢，就随她。

她到底是小孩，一进门脸色就暗了下来，藏都藏不住，刚刚还好好的，江庆之转头看到一双高跟鞋，原来如此。

魏芊芊这几天会过来他是知道的，他忙，便忘了说一声，但人来了，待客自然要周到，江家出来的女孩不能不知礼数，也不必畏畏缩缩。所以，他放任荏南犟了几句，才淡淡看了她一眼让她收敛，可就是这样，她也委屈得不得了。

真是惯坏了，江庆之想着。

他看着荏南用晚饭时几次变换脸色，喜怒皆形于色，不禁觉得有些好玩，真是小孩心气，一点也藏不住情绪。一味闷着头吃饭，悄悄嘟了好几下嘴巴，既好气又好笑，怎么就至于气成这样。

晚上，他耐着性子哄荏南，她只埋在枕头里不理，但他最知道怎么对付她，只要露出几分疲劳，她便会如乳燕归林一样到他身边来。

荏南乖乖坐在他身旁，眼睛里闪动着再明亮不过的光，她的棉裙轻软，在灯光下隐隐透出几分身段。

他分了下神，再回首就看见荏南贴他贴得越发近了，脸上几乎是不加掩饰的少女心思，看见他的眼神扫了过来，她便欢喜地露出了笑，又甜又软，睫毛像小扇子一样扑闪，在头顶的吊灯映照下往苹果似的脸颊上投下一小片阴影。

江庆之看着那双眼在他的目光下有些羞涩地半垂着，然后勇敢地抬起来和他对视。

他的眼神停留了一秒，然后他起身，让她早点睡，面色如常，脚步平稳地离开房间，还不忘给她关上房门。

桌上，他的眼镜静静地躺着。

等回了房，江庆之打算继续处理白天堆积的文件，才发现缺了件东西。他往椅背上一靠，闭眼揉着太阳穴，长舒了一口气。

“鬼迷心窍。”

也不知是说给谁听的。

不知为什么，他不想立刻去荏南房间取回，硬是等到过了她睡觉的时间，才轻手轻脚走到她门前。

他的手指刚触上把手便不再动了，有极细的声音从厚重的胡桃木门后传了过来，那声音艰难地从狭窄的门缝，从细小的锁眼，从门上玻璃窗的缝隙中，一点点飘了过来。

那声音被层层介质削弱，只剩下隐约一点，他只能听到尾音的一点。

江庆之知道自己该离开的，荏南是大姑娘了，这是她的隐私。可他动不了，那声音仿佛是藤蔓，又像是蛇的芯子，从阴暗的门缝钻了出来，缠上他的脚腕，留下丝丝红痕，让他动弹不得。

荏南受凉了。

昨日她偏要作死，下着雨还跑到巷子里装偶遇，半夜不睡觉还捣鬼。

她闷得发慌，一下子钻出被子大口喘息着，这才发现自己呼吸不畅，鼻音分外浓重，她呆呆地试着发声，轻轻说了一句。

“大哥。”

嗓子果然哑了。

这下好了，大哥又要逮着她吃药了。

她换了衣服披了大衣下楼，探头探脑地在楼梯那里徘徊，张妈端着包子和粥经过，她半途截住，拿了个包子便想溜，还嘱咐道：“张妈，别告诉大哥，就说我一早就去学校了。”

“小小姐，不是张妈不帮你，是大少爷已经问过了，知道你之前还没起来，正在餐厅等着你呢。”

荏南一听更是头皮发麻，想要开溜却知道晚上照样躲不过，不如现在求个宽大处理，于是紧紧地拢了拢大衣衣领，进了餐厅。

江庆之坐在宽大的柚木餐桌另一端，在处理昨夜带回家的文件，看起来专注得很，荏南微微放宽了心，他忙起来，也就没功夫注意她了。

她含含糊糊地叫了声大哥，看他眼睛都没抬一下，虽然这正合她意，可还是忍不住撇了下嘴才入座，跟二师兄投胎一样端起碗呼噜呼噜喝粥，想赶快吃完走人。

可是，喉咙本来就不舒服，喝得太急，被烫个正着，荏南一下子忍不住痛呼出声。

“啊！”

江庆之从文件里抬头看了一眼，看见她脸皱得和酸梅子似的，不像是搞怪，于是起身走近，看见她捂着嘴，眼睛跟白日里见光的猫咪一样眯得紧紧的，他一只大掌扣住两只腕子，将她捂嘴的手拉了下来，力道刚好让她无法挣脱。

“张嘴。”

江庆之语气平淡，往下睨着她的眼神因为逆光而看不清。

荏南紧紧咬住唇，才不要张大嘴露着牙、全是口水的样子被大哥看到！

“听话，张嘴。”

这次江庆之的口气中带了些逼迫。

荏南有些紧张，可还是咬紧了牙关不放，昨日魏芊芊那么优雅，她才不要自己在大哥心中变成流口水的哈巴狗。

江庆之催了一次，她却不听话，一点都不像个乖囡，所以他不再多言，直接进行下一步动作。

“张嘴。”

江庆之说了第三遍，语气依然平静，只是声音低沉了些，仿佛是从胸膛传来的，直震到荏南的身上，她仿佛入迷一样，终于乖乖地张开了嘴。

她吃下的粥因为喉咙太疼咽不下去，还溢了些散在舌上。

“再张大些，舌根放松。”

江庆之哑着声音命令。

荏南有些委屈，大哥的指头就这样硬生生地撬开她矜持的牙关，还不时地碰上她的舌头，难堪极了。

可她不敢不张嘴，因为大哥的眼神仿佛刀子一样刮在她身上，让她觉得有些陌生。

她糯糯地唤道：“大哥。”

他有些沉重地呼出一口气，加大了力气，硬是将她的口腔打开得更大些，眼神幽深。

他的视力虽然不算太差，但是光照不进去，又没有戴眼镜，还是有些看不清。

但他能看清江荏南脸上的羞意和恍惚。

她虔诚地仰着头，望着他。

一副眼镜挂在她开了三颗扣子的领口上。

他的眼镜。

那是金丝的，沉沉地挂在她的胸口。

江庆之看了一眼，然后伸手将眼镜抽了出来，指背轻轻碰触到她的皮肤。

他一只手仍然固定着荏南的唇，另一只手戴上眼镜，往她半张的口腔中看。

“发炎了。”江庆之看了一会儿，下了结论。

他的手指要抽出了，荏南张了半天的嘴，已经很酸了，这一下便支撑不住松软下来。

江庆之眼镜的镜片上反射出光，将他的眼神全部掩去了，薄唇轻启，打算说些什么。

“少爷，车已经备好了。”家里的司机进了餐厅，毕恭毕敬地说道。

他放了手，在餐巾上擦掉那溢在他关节上的津液，对荏南说：“吃完药再去上学，乖一点。”

江庆之转身走了，拿着公文包和大衣，脸上还是架着那副金丝眼镜，与每日出门时的景象差不多。

第二章 新旗袍

ren nan

荏南进教室时明显察觉周围静了一下，然后才又重新变得嘈杂起来。

她有些纳闷，国文课的老师人虽新潮，却向来严格，她早上吃药已经浪费了很多时间来得很晚了，再不坐好，万一被抓到了怕是要留堂了。

她昨日刚和大哥保证过不会再晚归的。

今日课堂上讨论的是最近湖畔诗社新出的诗集，荏南看着纸上的诗句。

雅洁的蝶儿，

薰在蕙风里，

他陶醉了，

想去寻着伊呢。

他怎寻得到被禁锢的伊呢？

他只迷在伊底风里，

隐忍着这悲惨而甜蜜的伤心，

醺醺地翩翩飞着。

她有些烦躁地关上了书页，望着窗外春日的柳絮发呆。

一只指头伸过来戳了戳她，荏南转过头，是坐她旁边的萧竹，见她看了过来，萧竹轻轻用嘴型念着："你没事吧？"

她刚想说没事，却看见萧竹眼睛里的一点担忧，显然，萧竹担心的并不是她上课走神这件事。

下了课，荏南用指尖敲了下萧竹的课桌，说："可是有什么事？直接告诉我吧。"

萧竹名字坚韧，人却生得珠润可爱，眨着一双杏眼瞧她，嘴唇抿了又抿，才轻巧巧地问："你看过今日的报纸了吗？"

"还没有呢？又闹什么新闻了，是我大哥吗？"她大哥上新闻倒也寻常，哪天报纸上没有关于江庆之的只言片语，那才是稀奇。

"不是你大哥，是……是你二哥。"萧竹吞吞吐吐，反倒似她做错了事一般。

"哦，这次又是怎么了？"荏南移开了眼光，含糊应道。

"那位演了《双星泪》的女明星冯心怜小姐，这次去欧洲度假，你二哥大概是去做向导吧，被记者拍了些照片……"她越说越小声，双眼盯着地面，最后干脆没了声响。

荏南只当她是有些尴尬，其实荏南自己也不知道如何反应才好。

她二哥江明之在她到这个家之前都是老幺，一向是有些娇惯的，长大了之后也是风流倜傥的多情种。

他十五六岁就开始和世交家的女儿交朋友，后来是圣心女子学院的女学生、平济医院的女护士，不甚枚举。好在他虽多情，但每次都是好聚好散，因此风流是有，风流债倒没多少。

大哥自然也管过他，可是大哥自己也忙得很，哪里又有空盯着弟弟交朋友呢？索性后来将他送去了欧洲，眼不见为净，等到他回来成婚再好好整治看管。

家里的亲戚说起这件事也每每是一个反应，都是安慰她，男子，特别是那年轻男子，哪有不爱玩的，等年岁长些成了婚就好了。

荏南每次恨不得堵了耳朵不听那些话，每次碰到这种事情，都是说不出的尴尬。

在大家眼中，江明之与荏南是默认的未婚夫妻，她前段时间满了十八岁，等江明之回来，两人便该订婚了。

她父亲与江家老爷江时新是同乡出身，年纪虽有相差，关系却亲密，前后离家，上的第一批新式学堂，都是立志振兴实业，也是一同参加的起义。她母亲早逝，父亲又替江时新挡了一枪，所以自父亲死后，她被江家收养已经十年了，江家老爷那时候就交代江家兄弟一定要照顾她一辈子，便含了这个意思。

当时，她还是个黄毛丫头，而大哥大她十一岁，二哥和她只差三岁，于是就有定下她和二哥婚约的意思。

两人算得上青梅竹马、两小无猜，是通家之好，又有父母之命，男方是英年才俊，女方是大家闺秀，又是一同成长起来的，几乎是所有人眼中的金童玉女。

可她不想，再好也不想。

其他人都觉得长兄为父，可在她的心里大哥不是父亲，不是长辈，甚至不是大哥，而是她心爱的人。

但她只能怀揣着这个秘密，隐忍着这悲惨而甜蜜的伤心，醺醺地翩翩飞着。

萧竹和她自上中学起便是同学，以前常常去她家做客，自然是认识、也了解她二哥的，毕竟江明之开着家里的汽车去约会，周末去俱乐部跳舞不见踪影，都没有避着人的意思。

这婚约她不在意，二哥也不在意，偏偏旁人在意成这样，真是无奈。

“二哥朋友这么多，他爱和谁玩便和谁玩吧。”荏南淡淡说道，这分明是她的真心话，可在大家看来，却成了她强撑着替未婚夫说话的证据。

“荏南，你别伤心，明之哥哥人是好的，他是个好人。”萧竹安慰着她，语气里带了点伤心。

“他确实是个好人。”二哥对她并不坏，可以说是很好，有好吃好玩的从来不会落下她，不过……

茌南看了萧竹一眼，正好要上英文课的密斯林走了进来，便没再继续聊下去，专心上课了。

傍晚茌南回家后，大哥照例还没有回来，饭菜早就备好了，可她没胃口，更不想一个人吃，于是便让张妈先把饭热着，自己上楼去了。

直到晚上九点，窗外才映出远光灯的光斑，茌南从床上跳了下来，连毛绒拖鞋都没顾上穿好，便噌噌噌地下楼。

她停在楼梯第五个台阶，正好看见进门的大哥。

江庆之将大衣交给用人，抬头便看见茌南立在楼梯上，手扶着擦得锃亮的木扶手，脸上红扑扑的，还在细细喘息，带得身体微微起伏，见他看了去，一双只穿了棉袜的脚有些不安地遮掩似的蹭了蹭。

“像什么样子？”

他斥道，口气不算严厉，但还是让茌南低了头，喃喃回了一句“我错了”。

江庆之慢慢走进来，一阶阶地上了楼梯，停在离茌南低一级的地方，却仍然比她的视线更高些。

茌南忍不住屏住了呼吸，低着头不敢看他，只盯着他的皮鞋看，锃亮的鞋尖，木质的底，往她这边转了下。

大哥正在看她，大哥会抱她去穿鞋吗？

下一刻，那双皮鞋移开了，茌南忍不住有点委屈，她还生着病呢，大哥就这样上楼了。

茬南在楼梯上呆呆立着，听着木底踩在楼梯上的脚步声越来越远。

过了一会儿，脚步声又越来越近了。

她忍不住低着头暗暗露出了笑。

江庆之走到她身边，俯下身将毛绒拖鞋放在楼梯上，茬南看着大哥宽阔的肩背低了下来，整齐的西装因为姿势的舒展而被拉扯出一些褶皱，昭示出其下是多么坚实的身体。

江庆之抬头看了她一眼，发现她那出神的样子，拿起一只拖鞋，另一只手轻轻扣住她的脚腕，只用了一点力，便将那穿着白棉长袜的脚腕抬了起来，放进毛绒拖鞋里。

茬南的脚被抬起，有些立不稳，便反射性地用手撑在了江庆之的肩上，她小小的手掌能感觉到紧实的肌肉正在随着动作微微隆起，填满她的掌心。

只是穿下鞋，扶个肩，便让她有些脸红。

江庆之替她穿好便起了身，但那只小小的手仍然轻轻扶在他的肩膀上，他眯了下眼，然后屈起手指敲了她个栗暴。

“怎么这么不听话？”

茬南急得立刻看着他，眼睛瞪得大大的，含着委屈，又不敢反驳，嘴唇动了动，发出含糊的声音，最后却什么都没说。

她的手无意识地在他衬衫上轻轻揪着，揪出一小片褶皱，指尖扣在他心口上，随着动作隔着薄薄的衬衫微微抠着皮肤。

“吃饭去吧。”

他将那只手拿了下来，大掌将荏南小小的手全部包住，温暖的掌心烘着她的手背，掌根的薄茧擦过她的指节。

只握了一瞬，他便放开了。

荏南看着兀自下楼的他，追了上去，牵住那只大手。

“大哥，等等我。”

江庆之没回握，却也没有甩开，就这样任她牵着，往饭厅走去。

饭后，江庆之难得没有立刻去书房，而是坐在沙发上看起了报纸。

荏南犹豫了一会儿，还是坐了过去，拾起桌上的画报装作专注的样子看了起来。

张妈洗了水果端过来，是北边运来的草莓，这东西金贵，往往都是百货商店和西洋糕点店里的奶油蛋糕上才会放一颗半颗，可是荏南爱吃，所以家里一到季节就会备着。

江庆之并不太在意这些小玩意，对水果也没什么喜好，往往是准备什么吃什么，但今天这草莓倒是他特意交代的。

平时的话荏南早忍不住偷吃了，今天却装模作样地从画报的边缘偷看斜对面的人。

他像往常一样，衬衫挺阔，西装马甲贴住紧实的腰线，西裤上的缝线直到裤脚都熨烫得笔直，脚踝被黑袜包裹，穿的是德比鞋，牛筋底的。江庆之不太中意牛津鞋和布洛克鞋那样的款式，嫌花哨不实用，正如他的穿着打扮一样，总是保守，今日和昨日也无甚不同。

除了那副眼镜。

大哥的眼睛自始至终都盯着报纸。

她则自始至终都盯着大哥。

早上，大哥自己发现眼镜被她拿着后就抢去了，她追都追不及。

所以，如今重新归还给大哥后，她看着大哥戴着它，出门上班，衣冠楚楚地和人握手、签字，在偌大会场、几百人的目光中发言，最后将那戴着金丝眼镜温文尔雅的样子印在闪光灯中。

此刻，她看着大哥伸手扶了下眼镜，手指滑过镜架，然后拿了颗草莓，放进嘴里嚼咽。

茌南有些出神，江庆之不动声色地从镜片后看了她一眼，说道：“不爱吃？”

茌南这才如梦初醒，这是平常她最喜欢的，今天张妈端了一碟红宝石一般的草莓上来，各个都很漂亮，她却迟迟没有动手，自然令他有些意外。

茌南慌乱地找着借口：“是这画报太好看了，我看得入迷……”

她说到一半又噎住了，画报上正是大明星冯心怜小姐，标题还是夺人眼球的感情史起底，她有些尴尬地放下了。

“明之和她并没有什么干系，这回只是巧合罢了。”江庆之瞟了眼封面，随之解释了一句。

荏南有些泄气，旁的人也就算了，大哥为什么也这样同她解释，二哥和谁有干系或无干系，与她有什么干系？

大哥也把她当作明之的未婚妻吗？

这比把她只当小妹妹还糟！

荏南反叛心起，不由得反驳道：“没干系，二哥怎么会去接她呢，我看他俩男才女貌，挺般配的。”

“是我让他顺便照顾一下的。”江庆之翻过一页报纸，淡淡地说道。

这下可捅了马蜂窝了，荏南一下子气得眼睛都有些红了，想质问大哥和她又是什么关系，至于隔着这样千里万里拍电报交代二哥照顾一个女人，还是一个这样风情万种的大美人。

可她不能问，家里的囡囡是没法过问大哥同谁有什么交往的。

她将那本摊开的画报一下盖好，然后端起盘子一口一个草莓地吃着。

江庆之看她脸转向外，从侧后方只能看到突出来的塞得鼓鼓的脸颊，一点闺秀的用餐礼仪也没有了，她吃得又急又快，也不知是吃东西还是泄愤。

他有些无奈，继续说着："在宴会上碰到过几次，上次有一个慈善晚会邀请了她出席，正好说起这事，我便做个顺水人情。"

冯心怜是新近最红的女明星，一举一动都会被人围着拍照，出席慈善晚宴也算是帮了忙，席上讲起他在欧洲的弟弟，自然要给这个面子。

江庆之平日里做事只有别人听他的，哪有他向人解释的，可囡囡正生着病，所以他比平日心软三分。

茌南听了却不领情，心里更难过了，那些场合大哥很少把她作为女伴带去，就算去，也是一身女学生打扮，一看就稚嫩得很。

她已经长大了，可以穿风情的旗袍，可以穿那些露出肩背的西洋裙，可以穿尼龙丝袜而不是白长棉袜，也可以穿高跟的皮鞋了。

她是个女人，而不是大哥的囡囡。

"礼拜天你带我去张记裁缝铺，这次我要自己挑旗袍的样式。"她侧对着江庆之，口气中有赌气，也有点藏不住的心酸。

茌南的眼圈有些红了，可以藏起来不让他看见，可她本来就已受凉，泪腺一被催动，鼻子便堵了起来，说起话来带着浓浓的鼻音。

她知道大哥正在看着自己，她不敢吸鼻子，甚至有些庆幸自己着凉了，所以有借口能遮掩情绪。

江庆之几不可闻地呼出一口气，起身坐到她那边的沙发上，将她端着的盘子拿开，轻声说："转过来。"

荏南随他把盘子夺走，仍然背对着他，即便她知道这样也一样露了马脚，可还是自欺欺人地不动。

盘子碰在玻璃几上发出清脆的一声，接着一双手把她温柔而强硬地转了过去。

便是这样，荏南仍然倔强地把脸朝向另一边。

"三。"

"二。"

还没等江庆之数到一，荏南就转过脸来了，尽管只看地不看他，可好歹还算听话。

毕竟是他的乖囡。

江庆之也不避她，从口袋中掏出手帕展开，轻轻托着附到她鼻子上，说："用劲。"

荏南怎么会愿意他给自己擦鼻子，何况还是用这种哄还不会擤鼻子的几岁小娃娃的方式，她立刻双手握住江庆之的手腕，想要将他推开。

可是一个成年男子的力气哪是她能比的，所以尽管她不断用劲，却只是徒劳地磨蹭着他的手腕罢了。

江庆之没说话，随她握着他的手腕胡闹，见她不听话，便自己掐着力道替她擦。

荏南反抗不能，只能有些难堪地让他给自己擦鼻子，心里的委屈都快要溢出来了。

他拍电报让江明之照顾女明星，对她却如带小孩一般。

她的眼圈越来越红，她干脆自暴自弃地揪起大哥的衣角在鼻子上乱擦一通，擦完也不敢看便想逃，被江庆之一把按了回去。

她闭着眼睛等着挨骂，却感觉到一只手轻轻落在她头上，将她的额发揉得乱乱的。

“还气吗？”

荏南过了那个劲头，有些后怕，悄悄抓住他的袖口，用比猫叫大不了多少的声音说：“大哥，我错了。”

头上的手变得更温柔了，又摸了一下。

“乖。”

礼拜天，江公馆。

早上八点荏南便被吵醒了，平日假期里她总是爱睡懒觉，今日却早早起来，甚至还去二哥房里多拿了个闹钟，正好定在她房间闹钟响的十分钟后，怕自己万一又睡着了。

她房间里是有浴室的，她锁了房门才钻进浴室，从头到脚洗了个干净，直到将脸泡得粉嘟嘟的才出来。

她本来还想偷偷去士伯迪那路新开的美发厅，听说他们花了两万美金从美国买了克莱姆冷烫机，电烫头发时还会排冷气，不会烫坏头发，班上的女同学都想去试试，奈何价格高昂。

荏南的零花钱倒是多得很，她平日里吃穿用全都是大哥挑的、买的，所以平日的零花钱攒了也没怎么用。

只是她到底怕大哥会生气，所以便想了别的办法。

头发湿湿的时候绑成两根麻花辫，待干了再拆开便是蓬松的样子，虽比不上烫出来的那般卷，但胜在自然。只是这法子费时间，所以她才这么早起来。

好容易熬过中午，荏南简直连饭都不好好用了，终于等到有人进门的声音，她立刻往楼下跑去，见到加班回来的江庆之，笑得眼睛都成了一条线。

江庆之见她这么开心，也就不打算再休息，大衣也不用脱了，向她伸出手。

“过来。”

荏南便奔了过去，停在离他一尺远的地方，眼睛亮亮的，见他没有反对，小心地挽住他的胳膊。

这种时候她总是很喜欢新式习俗，男士与女士出门，总是要遵循挽臂的礼仪的。

江庆之低头看着她咬着嘴唇，却仍压不住微微上翘的唇角的样子，紧了紧手臂，偕她一起出门了。

张记裁缝铺不是城里最时兴的衣服铺子，但是江家人在这里都是老顾客了，茬南从小到大穿的衣服很多都是在这里做的。

两人一进门，相熟的师傅便迎了上来，说："江少爷和小小姐来了呀，今天打算做几身什么样的？赶巧正有新到的好料子呢。"

茬南便随他去看，她选东西并不纠结，一会儿便挑了好几匹料子，再让伙计抱给江庆之看。

每次都是这样，她先选自己喜欢的，最后由大哥定下选哪些。

茬南从小到大的事都是要江庆之点头的。

今天抱来的料子久久不得江庆之的同意，她挑了一匹银白色的、一匹赤紫色的、一匹铅丹兔的和一匹千岁绿的，都是有些烈的颜色，和平日里挑的杏儿黄、石竹色、胡粉色这类清新恬淡的料子完全不同。

江庆之看着料子没有说话，茬南心里正打鼓，却看见他淡淡瞟了自己一眼，最后指了指那银白和铅丹兔色的。

江庆之看着那不同往日的料子，又看了眼料子旁边的小姑娘，她先是闪避，接着眼里浮出点恳求，于是他便不由自主地点了头，不过还是挑了些看上去更淡的。

店里的女裁缝领着茬南去量身，还顺便介绍了下最近时兴的旗袍款式，店里就有现成的，可以上身试试看，喜欢的话，这次的料子就按新款式做。这正合她意，她便让女裁缝帮忙拿几身来。

有一套挖了个鸡心领，胸上就露了一点肌肤出来；还有一套嵌了黑纱，雪肌隐在里面若隐若现，荏南都很满意。可是，她知道就算做了大哥也绝不允许她穿，所以还是遗憾地还给了女裁缝。

只有一套。

样子中规中矩，领口高高地包到脖颈，只是腰腹收得极紧，悄悄掐了些，便越发显得纤秾合度，身姿妖娆，下摆也开得恰到好处，比寻常只高了一寸半，既不会显得过分开放，又多了些风情。

可惜荏南太瘦，即便是这掐了腰的旗袍都还有些松了，女裁缝觉得这样留些余地也好看，荏南却希望能再收紧些，最好一厘都不留。

女裁缝便取了针，将各处松或长的地方都暂时收了下，让她看看效果。

刚弄得差不多了，外面传来吵嚷的声音，且越闹越大了，连荏南都忍不住探头想看看发生了什么。

这样对其他客人实在有些失礼，女裁缝是铺上经年的师傅，掌柜去天津卫进料子了，她便要负责去看看才行，荏南向来不会为难于人，所以她道了个歉后便匆匆赶去了。

荏南一人留在里间，对着三面穿衣镜看个不停，果然还是喜欢，再看着镜子里的自己，薄薄的料子贴着后腰的线条蜿蜒向上，勾勒出素瓶般纤巧的曲度。

反正也没人看，茬南便像个小女孩一样在镜子前来回转圈，还学着摆出大剧院前画报上的各种姿势。

她摆得一点也不比那些女明星差！

茬南正要扭头做出回眸一笑，突然觉得后背一疼，轻轻叫出了声。

“怎么了？”

江庆之不知何时已经站到了门外，听见她叫唤，便问了一句。

过了一会儿，茬南探出头来，一副有些可怜的样子，声音弱弱地问：“大哥，你能进来一下吗？”

江庆之只盯着她，没有说话。

茬南有点急了，想去拉扯他，又不敢，只轻轻巧巧地牵住他的食指，握在手心中摇了摇。

江庆之随着她去，没反驳，也没同意。

于是，茬南便就着攥住他食指的那点力气，将他一点点拉进了门，落了锁。

江庆之进了内室，里面有些暗，只有靠近穿衣镜的地方设了集中的灯光，打得透亮。

茬南走在前面，手牵着他的食指，她的手掌太小了，甚至握不到他的指根，如同被孩童攥住一般，圈得紧紧的。

尽管这点力气很小，江庆之随手一抽就能抽回手，却还是任囫囵握着，将他牵进了这暗室当中。

“什么事？”

他闲闲地问道，语气里全是平常。

荏南转过身来，穿衣镜上的灯光便打在她的脸上：“大哥，我……我要你帮帮我……”

口上吞吞吐吐，脸上那点子隐秘的欢喜却被照得清清楚楚。

这般浅，仿佛一望就能望到底，一点藏不住。

便是瞎子大概也能有所感知，更何况身处高位多年、从来老辣的江庆之。

可偏偏拦不住有人情愿当瞎子。

江庆之的脸庞逆着光，隐在黑暗中看不清，他既然没有反驳，那便是同意了。

荏南微微吸了口气，鼓起勇气，忍着羞意转过身去背对着他。江庆之挑眉，这是……

“大哥，我背后好像落了根针，扎得我有点疼，这衣服收得紧，我背不过手去，你能帮我取下来吗？”

原来是女裁缝走得急，没把试衣时的针取下来，她又动来动去摆姿势，那针便松了开来，入了衣服扎到肉了。

这理由倒也正当，毕竟这衣服确实收得紧，手臂确实难以伸展开来。

若是她的口气再平常些，耳朵少染几分草莓红，身体也别微微颤抖，就更天衣无缝了。

她像只淋得透湿的猫一样，等待有人抱起，将她拾回家。

茬南不敢回头，也不敢再出言催促，怕完全露出了痕迹。镜子中只映出了她一个人的影子，大哥隐在黑暗中看不见。

少顷，多面镜中的复影映照出一只手，骨节分明、手指修长，却并不秀气，虎口处、指根处的茧大多是用钢笔签字磨出来的。

这只平日里作报告时调整话筒、批改文件的手，轻轻地落在了她的背后。

只是指尖触上，连一丝力气都没有用，茬南却莫名觉得她背上被按住那处几不可见的凹陷传来的感觉都无比清晰，连肌肤都发烫了，仿佛是静电流过，让她忍不住微微震颤。

江庆之看着她的发尖轻轻落在他的手指上，若有若无地抚着，茬南抖了起来，那发丝便在他的手指上落了又离。

发丝是顺滑的，发尖刺着有些发痒，偏偏不严重，让人挠也不好挠，躲也躲不掉。

茬南等了一会儿，不见江庆之有多的动作，刚想回头，却感觉到大哥的手落在自己脖子上。

微热的指尖碰着颈后敏感的皮肤，茬南直想往后靠在他怀里尽情磨蹭，可她不能，所以只能原样老实站着。

食指滑过颈侧，将松散开来的头发挽到一起，那头发今日有些微卷，便没那么好捉住，漏了些在外面，于是其余几指追上，紧紧贴着皮肤，用指尖将它们收了进来。

茌南只顾着咬唇忍耐，忘了遮掩脸上的动摇，于是便被镜子照得清清楚楚，懵懂无知，混着少女的娇羞。

江庆之将她披着的头发拢成一团，挽到身前倏地放下，那发便像一阵雾一样在胸前散开，落在皮肤上。

“这里有些暗，大哥站近些，看得清楚说不定就能找到了。”

她糯糯的声音回荡在暗室中，手背到身后，揪住了他的袖口，明明力气那么小，却还是将他拉了过来。

江庆之的气息若有似无地扫到了茌南的后颈。

镜子中的茌南闭着眼睛，睫毛微微抖动着，几乎像祭台上洁白的羔羊，等着命运降临。

江庆之的手落回了她的背，指尖在软薄的衣物上拂动着，按起微微的褶皱。

那料子正是水色的，这下便如同点水的蜻蜓，拂过哪里，便在哪里留下一路的痕迹。

这痕迹不止显在旗袍上，更刻进了茌南的皮肤里。

即便有衬裙和旗袍，茌南仍然感受到指尖的那点温度直传到心底。

那指尖在她背上寻着，去找那根细不可见的针，还没有找到，如同毛刷刷过，留下一片酥麻，又如同跑到松树下，松针落进衣领的刺痒。

它寻了一会儿，却始终无果，便离开了。

荏南唤道："大哥……"

"嗯。"

这声音带了点耐人寻味的意味。

于是，他的手掌便落了下来，实实地贴在她纤竹一样的背上。

终于遂了她的意，不再有一丝距离。

明明还未到夏天，可大哥的手为何那么热，快要穿过她的腰骨，握住她的心脏。

荏南深呼吸着，怕自己的心跳出卖了她，可是怎么能瞒得过，不敢让他知道的话，就该封闭五感才对。

她的呼吸，她的眼睛，她微微颤抖的身体，早已将她出卖。

江庆之甚至有些可怜这个孩子。

这么稚嫩，这么笨拙，不会用涂着蔻丹的五指状若无意地拂过他的手背，不会酒醉后轻轻靠着他的肩，不会没站稳试图将鲜红的唇印留在他的衬衫上。

可那些红粉陷阱在他身上全不奏效，他一一躲过。

唯独眼前这一个，笨成这样，他却陷落得心甘情愿。

他的手挪到了肩胛骨，将那小小的蝴蝶骨收到手中。

荏南颤了一下，蝴蝶便扇动了翅膀。

在这样的刺激下，她被激得犯了咳嗽，感冒本就没有好透，这下便咳得格外厉害。

她因为咳喘而微微躬身，身体因为咳嗽而震动。

江庆之移开了手，替她拍着背平缓这阵咳喘，一下下拍哄着，十足耐心。

等荏南好了一些，江庆之看着镜中头发也乱了，眼眸也含着泪，还在急促喘息的荏南。

“下次还敢不听话吗？”他说。

荏南知道他说的是她没有好好喝药的事情，有些不服气地嘟了下嘴。

她刚刚咳嗽才不是因为没有喝药。

荏南狠下心，快速地解开旗袍上的盘扣，本来也没有全系上，只扣了零星几颗，一下便被她全解开了。

荏南执意不看镜中江庆之的眼睛，颤抖着说道：“旗袍太紧了，这样找不到的。”

她不敢看大哥的反应，只执意将旗袍剥下，那衣服本就全靠盘扣系住，这样便全落了下来，积在脚边浅浅一圈。

荏南里面只穿了蚕丝衬裙，烟粉色的，如一团雾一样拢在她身上。

穿在旗袍里的衬裙都会做得格外紧身轻薄，领口也更低些，裙摆开叉开得极高，下摆缀着纤细的蕾丝。

她今日穿的衬裙并不暴露，不是吊带，而是方领背心裙样式的，包得极好，胸前也缀了一圈和下摆一样的蕾丝。

荏南褪了旗袍，已经用掉了所有的勇气，低头不敢言。

因此，她没有看到身后男人的眼光。

她只能感觉到颈后的呼吸似乎又近了些，不由得屏住了呼吸。

下一刻，那呼吸往下移，消失了。

荏南抬头，看见镜子里大哥半蹲了下去，拾起落在地上的旗袍，替她在找那根针。

她心里的酸涩难以抑制地涌了一些到眼中来。

即便她用掉所有勇气，这样不像话的样子站在大哥面前，也还是没有任何作用。

大哥还是只当她是个爱撒娇的小囡。

她不知道的是，这房间太暗，而镜子上的灯光太亮，她的衬裙太薄。

光线透过细软的衬裙，在背后描绘出纤细的腰线。

这些全都落进了江庆之的眼睛里。

“取下来了。”江庆之站了起来，手上还拿着那件旗袍。

荏南“嗯”了一声，也没了继续试的意思，想换回自己的衣服。

门外传来“咚咚”的敲门声。

“江小姐，您还在里面吗？不好意思让您久等了，我帮您继续试吧。”女裁缝解决完前面的事便立刻赶回来了。

茬南的心跳一下子激烈到仿佛要失控，她转身踮起脚尖，急得失去了理智，也忘记自己落了锁。她牢牢捂住江庆之的唇，对外面说：“我正在换衣服，麻烦您帮我再去取匹品红料子吧，我想搭在身上看看什么样。”

直到女裁缝殷勤地答应，远去的脚步声传来，茬南才松了一口气。

理智回笼，她发现自己踮着脚，与大哥靠得极近，尤其是上身几乎倚在了他的身上。

她的手还捂在大哥的嘴上，他呼出的气息从手中漏了出来，在她的指缝间晕开一片奇异的热意。

她连忙放下了手想要拉开距离，可是退得太急，又站在试衣的木台上，一不小心差点绊倒。

一只手从后腰囚住了她，手臂的肌肉因为用力而隆起，人体的热度透过丝质的衬裙传了过来，熨烫着她单薄的脊骨。

那只手一用力，她的脚尖便离了地，悬在半空。那只手扣得太紧，重力让两人之间的距离全部消失。

然而只维持了一瞬，他便提着她从木台离开，将她放到旁边的平地上。

“站好，别再跌了，换好衣服出来。”江庆之扶了下眼镜，说完便先离开了里间，到外面等她。

茬南一个人站在黑暗中，心中的情绪像气球一样兀自膨胀着。

荏南出来时，脸上的薄红已经消了，只剩下耳朵尖尖还留了点痕迹。

女裁缝正拿了布来，荏南委婉推辞说不用了，定下了之前选好的款式，便提着她的小手包匆匆去找大哥了。

江庆之正在廊下抽烟。

他深深吸了一口，然后从鼻腔中吐出，拿着烟的那只手在半空中轻轻弹了下灰，白渺渺的烟雾将他的面容掩得有些不分明。

荏南悄悄走到他身后，指尖一下攀上了他的手背，拂过指节，微微错入指缝，将那飘着白雾的香烟偷走灭了。

“没收。”

这是只江家囡囡有的特权。

能从江庆之手里抢烟的，只有江家唯一的乖囡，其他人都不行，亲弟弟也不敢。

江庆之没和她计较，问道：“好了？”

荏南恃宠而骄，得寸进尺地讨价还价。

“嗯，选好了，等新旗袍做好了之后，大哥就带我一起参加晚宴好不好呀？”

她眼里带着点祈求的光，越发像那只被淋了雨的小猫了。

江庆之睨了下她，拍了拍她的头，说：“乖些，就带你去。”

他说完就不管这小活猕，先一步向车子走去。

荏南连忙追了上去，又挽住了大哥的手臂，这还是在外出，理所应当遵循挽臂礼。

江家囡囡可不是那么不懂礼仪的女孩子。

“4 月 27 日，礼拜日，晴。

冬天该抱在一起，像两只熊，取暖过冬。

春天该手牵着手，去踏青，从山坡上滚下。

夏天该分享一支冰棍，让嘴巴冰得通红。

秋天该给你织一条围巾，圈在脖子上。

然后吻你。”

夜已深，桌上雕花的彩色玻璃台灯还未关，散发着暖调的光，桌上的日记本还翻开着，主人却已经睡着了。

江庆之睡前经过荏南房门前时，看到暖光从开着的门缝中漏了出来，推开门看到荏南趴在桌上睡得正香，他走进去，将她半抱起来。

真是一点都不听话。

夜间有些凉，本来感冒就没全好，她还敢只穿着睡裙就睡着了。

可现在不是骂人的时候，所以他只是小心地将她放在床边，掀开轻软的棉被，把怀里的囡囡放了进去，替她盖好被子，一点没露在外面。

做完这一切，他才坐在床沿，用指尖轻轻拂开散在她脸颊上的几缕发丝，就这样静静地看了她一会儿便起身。

桌子上的日记本还摊着，他自然也看到了。

那么浅的心思，脸上都藏不住，还要写在日记里。

江庆之轻轻叹了一口气，合上日记本，悄无声息地走了。

第三章 教我如何不想她

ren nan

第二日早餐时，荏南磨磨蹭蹭地坐到了江庆之旁边。

她看似是在专心喝牛奶，实则不时地从眼角悄悄看着大哥，连嘴唇上长了圈白胡子都不知道。

江庆之岿然不动，专心用着早餐，吃得极快，完全不顾她小猫似的眼神。

眼见大哥快要吃完离席了，荏南有些着急，唤道："大哥……"

江庆之终于正眼看着她，等着下文。

荏南却有些忸怩起来，江庆之难得有耐心，就这样静静地坐着，看着她快扭成了个麻花。

"大哥，你没有什么要和我说的吗？"

江庆之挑了一边的眉毛，她主动拦住他，却问他有什么要问她的？

“没有，我出门了，上学别迟到。”

说完，他便起身绕过荏南真走了，荏南急忙伸手，慌乱中抓住他的小指，急急发问：“大哥，过几天就有舞会，我也要去，你昨天答应过囡囡的。”

江庆之看着这倒打一耙、颠倒黑白的小囡，明明说的是乖一点才带她去，她都还没好好表现，这才第二日，便憋不住来讨利息了。

他想屈指敲一下她的脑门，但小指被牢牢握在她小小的手心里，那么一点力气便如千斤重，让他难以狠心抽出来，所以只是嘴上说了下她：“我答应的是，等旗袍做好后，你如果乖一些，我再带你去。”

荏南嘟着嘴，委委屈屈地松开了指头，抱怨道：“大哥欺负人！”她站起来便要往外奔。

江庆之一下抓住了她绑在后面的麻花辫，把这不听话的坏囡囡按回椅子困在原地，慢条斯理地说：“怎么这么不听话，把早餐吃掉，老实去上学。”

荏南拽着自己的麻花辫，无奈根本敌不过他的力气，只能糯糯地讨价还价道：“大哥，那我乖乖吃早餐，保证这个月再也不赖床不迟到，你就答应带我去嘛，我想一起去。”

今日明明都28号了，还是四月，她的算盘倒打得好。

江庆之似笑非笑地睨着她，荏南到底有些心虚，低下了头，露出头上小小的一个发旋。

他放开了手，让辫子落了回去，拿起搭在椅背上的大衣便要走，急得茌南一下转过身来半跪在椅子上，眼睛瞪得大大的，一心一意地望着他，非要等个答案。

与江庆之共事过的人都知道，他从不受人胁迫，一旦决定就绝不让步。

“不迟到就带你去。”到底拿她没办法。

茌南一下子笑得眼角弯弯，当即便要蹦下椅子离开，被早已料到的江庆之一把抓住。

“脏死了。”他一边教训，一边伸出手，用拇指擦掉她唇边的一圈奶渍。

茌南得了应承便老实受下，高高兴兴地上学去了。

今日课程满满，且都是要紧的课，英文、法文还有算术，幸而下午还有个沙龙，让她钻了空子，拖着萧竹同她一起翘课去了永安百货。

今天这点时间只够去一家百货商店，过年的时候茌南从大哥那里得了不少永安百货的独家礼券，又听说最近永安百货请了许多漂亮又年轻，还会说英文的女售货员。

一楼康克令金笔柜台的“康克令女郎”还登上了《上海生活》的创刊号，她实在想去见识一下。

两人没有搭黄包车，而是乘了电车，即便还没到通勤时间，车上仍是挤挤攘攘的，她俩好容易找到了边上的位置才坐了下来。

车窗外，穿着长袍大褂的旧式打扮的读书人，西装马甲、连礼帽都戴上的新派人士，踩着高跟鞋的女郎，穿着有些褪色的旗袍、提着菜篮子的妇人，只着短打、矮小却壮实的黄包车夫，以及戴着白手套为洋人开门的汽车司机，都穿行在这条街上。

霓虹灯闪亮、橱窗光可鉴人的商店旁边走上十几分钟，便是那老妈子、穷缝婆、补鞋匠集聚，一家人也只能租赁一间小房间的棚户区和拥挤的里弄。

如今便是这样的一个时代。它变得太快，以至于每个人都有不一样的模样，在这个时代的洪流和繁芜中，荏南的那些隐秘的小小的野心反而显得有些可爱。

学校本来离得也不远，没多久便到了永安百货门前。它占着街角，是个六层的英式建筑，每层都向外开着长长方方的窗，让里面亮堂极了，外墙上挂着由霓虹灯组成的英文标语牌：Customers are always right！

听说是专门请的哈沙德洋行设计的，开业前还特意在《申报》上登了半个月的开幕预告，如今已经超过先施成为最受欢迎的百货商店了。

“荏南，你今日到底要买什么呀，为什么不能礼拜六再来？”

萧竹比起江荏南是个真正的乖女，从未迟到早退过，如今被拉了过来心虚得很，只想早早回去。

“我等不了啦，礼拜五晚上我要同大哥一起去参加舞会，可是旗袍没那么快做好，所以我打算去永安买条新裙子。”

“这样啊，你大哥可真好，还带你一起去那种场合，一定很好玩。”

“他待我才不好呢，我也不在乎好不好玩。”荏南想起今天早上江庆之是如何欺负她的，就忍不住想撇嘴。

“不好玩，你为什么还想去啊？”萧竹有些不解。

荏南总不能说，她要去看着，不让别人靠近大哥，让所有人都知道大哥已经有她这个女伴了吧，只得嘟嘟囔囔搪塞了过去。

末了，她又高兴地说：“这次我先去，等我二哥放假回来了，我叫他陪着你，这样我俩就都能去啦。”

萧竹是最规矩的女孩子，听了这话有些吓到，连忙说：“你二哥要是回来了自然应该陪你一起去，我……我不去了，我不想去。”

她的话将荏南从兴奋中拉回了现实，再过段时间二哥就要放假回来了，她得抓紧才行，不想真的稀里糊涂地当了二哥的未婚妻。

她们进了永安百货，琳琅满目、应有尽有，英国来的呢料，巴黎最新出的化妆品，荏南直奔二楼去了洋服店，旗袍都是要定做的，她等不及，何况她也想让大哥看看自己穿洋服的样子。

售货员小姐亲切地为她挑了好几套，那洋服不比传统衣服，有的地方就是片薄纱堪堪护着，胸脯和背脊上的肌肤就这样隐隐透了出来，下面是该穿丝袜的，荏南今日穿的还是女学生的白棉袜，便把它脱了放在一边，露出一双白嫩纤细的腿。

她有些不敢出去，便叫了萧竹进来帮她看看。萧竹一进去便瞪大了眼睛，连话也不大会说了。

“这……这个，你大哥能让你穿吗？”萧竹磕磕巴巴地问着，毕竟她知道荏南的一应全是江庆之经手的，他断不会同意荏南穿成这样。

“我才不怕呢，我要穿什么他不能管我的。”说是不怕，其实荏南心里直打鼓。

她装得强硬，却到底老实地挑了一套中规中矩的长裙，时间已经不早了，她得掐着点赶回去，不能让大哥发现她逃学了。

出了百货商店，两人往街角的电车走去，天色还未暗，各种商店的霓虹灯已经早早亮起来了，将少女的影子投射在玻璃上，橱窗里是用物质堆出来的幻梦，诱惑着每一个路过的人。

荏南在这斑斓的光墙前停住，旁边错身而过一位下了班的“康克令女郎”，摇曳多姿、妩媚动人，她看了一会儿女郎的背影，对萧竹说：“你先回去吧。”

她重新奔向百货公司，两条麻花辫随着奔跑在身后摇晃着。

过了一会儿，她才出来，手里新提了两个袋子，独自登上了回家的电车。

晚饭时，江庆之照例还没回来，张妈便全做的是荏南喜欢的菜，她今日奔波多矣，胃口极好，大哥也不在，不必讲究淑女的修养，将那红烧肉、拌三丝和冰糖莲子汤吃得干干净净，小肚子都鼓了出来才罢休。

她高高兴兴地上楼，躺在房里的沙发椅上犯着饭困，张妈却端着药上来了，说是大少爷交代的。

荏南已经得了承诺，自然就不爱喝这苦药，全家上下她只听大哥的，大哥不在，这药自然就劝不进去，张妈也无法，只得带上门出去了。

走到楼下，正碰到回来的江庆之，张妈不想告状，但既然撞上，她也就没办法替小小姐瞒下去。

江庆之知道这个小囡是被自己惯坏的，张妈压不住也属正常，便自己端了药上楼。

活猕自然是要如来佛的五指来压的。

暗色的胡桃门前停了一双黑色的德比鞋，修长的手指刚要叩门，门里传来一声尖叫。

那只手立刻转向门把，一下推开了门。

房里的光源只留了桌上的雕花玻璃罩台灯，暖黄的灯折射出淡彩的光，投射在墙上便是一片暖色。

斑斓中，是少女的身影。

她上身包裹在小背心里，除了白蕾丝镶边，一点花纹也没有，朴素得很，腰上甚至微微起了些褶皱。

她的腰线纤细，还没有成熟女性的迤逦，却多了几分婉约，腹部软软的，甚至因为贪食而微微蓬起一点，有些稚气。

一切都刚刚好，既有少女的羞涩与矜持，也有初现成长的痕迹。

柔暖的灯光从她身后打来，甚至能看到她细小的绒毛，如同水蜜桃一样，绒绒的，极可爱。

往上便看不见了，荏南的头脸困在半脱出的衣裙中，似乎有些波折，卡在那里动弹不得。

江庆之花了一会儿时间，才终于找回了自己的声音。

“你这又是在闹什么？”

荏南尽管看不见，可听到这声音便慌成一团，急忙试图将衣裙再放下，但刚一动便又痛得叫出声来，脚步慌慌忙忙，一下跌倒在地上。

江庆之一直立在门口没动，所以她跌倒时他没来得及扶住，只能看着她跌坐在地上，困在头上的衣裙半悬下来，不见头脸，看上去实在有些可笑。

唯一的观众不仅没笑，反而叹了口气，走近之后掐着她的两肋把她抱了起来，像抱孩童似的将她悬在半空，隔开了几寸距离，就这样拎着她走到床边。

荏南一直抖个不停，甚至开始抽气，江庆之放下她后有些担心，半蹲着身，手圈住她，问道："别怕，告诉大哥，你怎么了？"

荏南兀自颤着，过了一会儿才回答："脱衣服……卡住了……耳环钩……"声音里全是哭腔，抽泣得连话都说不清了。

江庆之却听懂了，从上面拨开那层层叠叠摊下来的裙摆，果然是耳环钩住了衣服上的蕾丝，大概是她脱衣服时没注意，等发现时整个人都困在里面，越用劲想脱掉，那耳环便扯得越疼。

他耐着性子将那细小的金属钩从疏落有致的蕾丝中慢慢拆出，放轻了力道，没有弄痛荏南。

江庆之早慧，做什么都比别人容易三分，马术、网球、模型，甚至是出千，他都会得很容易，唯独没有这样小心而细致地拆过女孩子的耳环。

待他拆下，将裙子重新放下来，荏南终于得见天日，可惜哭得忒惨，不见半点获救的喜悦。

她哭得差点背过气去，江庆之一下下拍着背哄她，帮她顺气。

“我叫医生过来。”

荏南哭成那样，还不忘打着嗝，说：“不……不要医生。”

她倒也知道丢脸。

不让叫医生，江庆之只好亲身上阵，一只手轻轻抬起她的耳垂，仔细看着，那小小一团雪肉上秀气的耳洞被扯得出血了，垂在耳垂下艳艳一滴。

江庆之会处理各种伤口，扭伤、刀伤，有给别人处理过的，也有给自己处理过的。

可他不会也不知该如何处理这小小的、受了折磨的囡囡的耳洞。

他只好学着小时候哄她的样子，往那儿轻轻吹了几下，边吹边继续拍哄着她。

“吹一下就不疼了，别哭了。”

这当然不管用，荏南哭得更厉害了。她倒不是真的多疼，而是觉得太丢脸了，羞得克制不住泣意。

这副样子被大哥看到了。

宽松散漫的衣服，既不性感也不精致，还是穿旧了的，晚饭吃得撑，小肚子都鼓了出来，衣裙套在头上，脱又脱不下来，还摔了个大马趴，好容易终于解开了，耳朵破了，头发也乱了，还哭得稀里哗啦的。

她还指望大哥能发现她已经是成熟美丽的女人了，如今这洋相，大概连三岁小孩都不会犯。

茌南越想越绝望，哭得一抽一抽的，连气都有些喘不上来。

江庆之哄不了了，命令道：“不许哭了。”

只可惜色厉内荏，根本没有平日里一个眼神便能让整个司里大气都不敢出的狠厉，因此一点也不管用。

江庆之彻底没了办法，只好将她像小时候那样抱在腿上，一下下拍着、哄着，嘴里只会说那几句“囡囡乖”“别哭了”。

没想到千方百计都用尽，居然是这招奏了效，茌南整个人蜷缩在他怀里，终于慢慢平静了下来，只是还有些打嗝，身体因此一顿一顿的。

江庆之伸手抚上她的脸，给她擦着满脸的泪痕。他的力道已经放得很轻，无奈手上有薄茧，还是刮得茌南哭后敏感的脸颊有些疼痒。

小小的手握住他的虎口，茌南打着嗝，问他：“大哥，嗝，我现在是……嗝……不是很丑？”

江庆之低头看着怀里的小姑娘，说了实话。

“嗯。”

囡囡的眼圈立刻又红了，一下子便含了好大一包泪，转了一会儿，便落了下来。

江庆之接住了那滴泪，轻轻擦掉。

“很可爱，囡囡可爱。”

荏南感觉有什么东西碰了下自己头顶的发旋，软软的，一下便离开了。

那晚，江庆之将荏南抱在腿上哄了很久，直到她完全平静了下来，才问道：“怎么突然晚上试裙子？”

荏南有些怕，试图蒙混过关，说：“你不是答应我带我去舞会吗？旗袍来不及做好，我就买了件洋服……”她越说越小声。

江庆之打量了一下她身上的裙子，手臂全露在外面，背后好大一片蕾丝，白嫩的肌肤在细致的花纹间若隐若现。

“不许。”没别的话了。

荏南有些急了，却只敢捏住他袖口，软软地请求：“大哥……”

“不许。”还是这句话。

荏南有些不服气，却也知道这事没转圜了，不过这衣服本来也被钩坏穿不出去了，还是老实答应了。

没想到这还没有结束。

“你什么时候去买的？”

荏南没了声音，大概是被猫叼了舌头。

“张嫂说你准点回家的。”话语间质问的意思不言而喻。

茬南这次理亏得没一点辩驳的余地，只好撒娇耍无赖，手软软地钩住大哥的脖子，头低低的，一副难过又愧疚的模样。

“大哥，我错了，真的知道错了，你不要生囡囡的气，好不好？”不要不带她去舞会好不好，不过这句她没敢说，怕弄巧成拙。

“每次认错最痛快。”江庆之口气平淡，听不出到底生气没有。

“这次是真的知道错了，真的真的。”她说话间又带了一点泣意，娇娇软软的，让人更想欺负。

江庆之知道她这是在装相，从小到大这一招百试百灵，如今也仍是这样。

“大哥。”

若是他能对她硬下心肠，也不会惯成今日这样。

“下不为例。”

早不知道破了多少回例了，一言九鼎，一字千金，到了她这里全打折到白送。

“大哥对我最好，我最喜欢大哥。”只有这种时候，她才能借着撒娇吐露真心。

江庆之看着她的眼，眼角还染着绯色，跟兔子似的，眼皮有些肿了，脸上是半干的泪痕，鼻头也有一点红，狼狈极了，唯独眼瞳闪着无法忽视的光。

他避开了那光，弹了下她额头，说："花言巧语。"

离礼拜五越近，荏南就越紧张。

她以前不是没去过那种场合，觥筹交盏，衣香丽影。

她每每去了那种地方，总像个误入成人游戏的生瓜蛋子。这回她有雄心壮志，自然不能被人比了下去。

这天晚饭过后，江庆之照例要回房办公，经过荏南身边时却被她一下子抱住了手臂。

都这么大的人了，还像只无尾熊似的挂在他手上，江庆之刚要抽出手，荏南却得寸进尺地拽住他的袖子，挣扎着抱得更紧了。

"嗯？"

一个字就冻得荏南讪讪地松了手，可到底没舍得全放，还是抓了他的袖口，仰着头可怜巴巴地望着他。

江庆之揉了下眉间，坚定地移开手，说："又要干什么？"

荏南悄悄荡开一个笑，然后连忙一副正经得不得了的样子，报告说："大哥，你陪我练习跳舞好不好，我怕丢丑。"

这倒奇了，江庆之俯视着她，微微挑眉，说："你也怕丢丑？"

这话捅了大娄子，江家小囡又扭又缠又噘嘴，不服气极了，她这么乖的囡囡，怎么被他说得和二皮脸似的。

江庆之被她缠得没法，只好让步答应，荏南的嘴总算放下来，不用挂油瓶了。

要是按荏南的意思，她恨不得立刻上楼沐浴换上最性感的裙子，再涂上蜜丝佛陀的大红唇，可江庆之不配合，就打算在客厅随便练练。

荏南刚要耍赖，就听见大哥淡淡说道：“再噘嘴就拧下来。”

这是什么坏大哥，不哄就罢了，还要把嘴拧下来！

苦命的囡囡只好就穿着学生服，踩着绒毛拖鞋，在自家客厅沙发旁可怜的一点空地，和大哥共舞。

唱针被一只手提了起来，钩在修长的指尖上，轻轻放下，划过黑色唱片的纹理，清越缠绵的歌声便从黄铜喇叭的旋涡中流了出来。

“教我如何不想她？
天上飘着些微云，
地上吹着些微风。
啊！
微风吹动了我的头发，
教我如何不想她？
月光恋爱着海洋，
海洋恋爱着月光。
啊！
这般蜜也似的银夜。

教我如何不想她?

……”

他转身，面前是穿着青色衫子和黑色百褶长裙的少女。

绑了一天的麻花辫松了开来，如雾一般散在肩头，她的白袜子脱在了房里，如今光裸的小腿在暖黄的灯光中闪着莹润的光，纤细的踝骨被毛茸茸的拖鞋衬得更加玲珑。

见他转身，少女绽开一个微微的笑，带着点甜蜜，又透了些天真，仿佛是盛夏里的白瓷梅子汤，碎冰在里面碰出叮当的声响。

江庆之一步步踱了过去，每一步似乎都踏在她的心上，她被那黑沉的眸子擒住，逃不开，也不愿逃开。

他走到了她跟前，看着那小鹿一样懵懂无知而又分外依赖的眼神，仿佛被挠了一下，轻轻地，痒意却传到手心，催得他一下握住少女的腰，仿佛她是他的所有物一样。

荏南一下子被拉进大哥的怀中，他的手臂有力地环着她的腰，胸膛的热气似乎能透过层层的衬衫和西装，传到她身上。

跳舞大概是这世间男女最好的借口，这样便能近似相拥，这样便能仿如爱侣。

两人之间隔着一寸的距离，有时多些，有时少些，荏南的心跳便有时慢些，有时快些，全被握在这方寸之间。

大哥长得太高了，她也不算矮，可也只到他的耳朵。

都怪大哥不让她去换衣服，她只能穿着拖鞋，像什么样子。

茬南一边怨怪着，一边悄悄借着身高的差距打量着大哥的下颌，如同大理石雕像，线条冷厉又干净，满是成熟男人的游刃有余。

大哥每日出门前都会刮胡子，她曾偷看过一次。

他穿着衬衫，袖口卷到手肘，露出手臂尺骨与肌肉拉扯的线条，扣子解到第三颗，微微斜着抬起头，侧颈的筋络隐隐可见，白色的泡沫遮挡住皮肤，锋利的刀片就这样刮过，带着随意，却让她心惊胆战。

茬南的眼神有些痴了，她情不自禁地轻轻靠近，再靠近一点，小巧的鼻尖终于快要触上大哥的下巴，身体也将要贴上那坚硬的胸膛。

他却退了回去，低头看向她，她如梦初醒，慌乱地低下头。

“怎么不跳了？”他耐心地问，似乎没有察觉到怀里的小姑娘是被自己的气息迷惑，忘了动作。

她好容易才找回自己的声音，可也没有什么好借口，只能说：“大哥干吗不让我去换衣服，现在我穿着拖鞋，你又那么高，我怎么跳呀？”

倒全是别人的不是了，这样无赖，可是声音却娇娇软软的，满是依恋，让再狠心的人也舍不得怨怪。

她刚想以此为借口溜上去换一身衣服，突然离了地，毛绒拖鞋掉了下来，脚尖浮在空中，莲子似的脚趾有些惊慌地动着，然后落在了黑皮鞋上。

女孩白嫩的脚小小的，踩在锃亮的男式皮鞋上，粉白的玉趾有些不安地挪动着，腰上的手箍得紧紧的，荏南抬头望向大哥，眼中有几分迷茫。

“这样就够高了。”他解释了一句。

江庆之放缓了脚步，慢慢挪动着，带着踩在他脚上的小姑娘跳了一支舞。

荏南的不安全发酵成了甜蜜，她终于有了足够的理由，安心地靠在大哥的胸膛上。

不这样的话怎么站得稳呢，她只能握紧大哥的手掌，抓住他的肩膀，头依偎着他的颈侧，只能这样，别无选择。

荏南的世界都蒙上了一层粉。

她没发现自己不知不觉间已经全然靠在他的臂膀上，头窝在他颈侧，眼眸微眯，青褂子高高的领口都遮不住自耳后蔓延开的红，鼻腔里呼出的气越来越热，氤氲在男人的颈间。

江庆之的眼睛隐在镜片后，所有情感全看不清，所有思绪都不分明，他就这样任由荏南在他身上撒娇。

荏南是个无知的小姑娘，可他不是。

但他不能，他没办法坚定地推开这个小姑娘，可他也没有卑劣到伸出手。

于是，他只能让茬南在他怀里，软软的发丝在他耳后的地方挠着，软软的鼻息随着轻哼扑在他的锁骨上。

她像一只猫钻进他怀里撒娇，可他却不能挠挠它的下巴，任由爱娇的猫咪踩着他，用毛茸茸的尾巴扫来扫去，干扰着他的心神。

无人说话，只剩留声机还在固执地唱。

那晚的舞蹈课不了了之，茬南本来也不只是为了学跳舞，不过是想多找些理由拥抱大哥，再靠近他一点。

礼拜五很快到了，茬南怕被告状，不敢再逃课，于是最后一堂课她是在对着表数秒中度过的。

铃一响，茬南勉强按捺住等密斯曹出了教室，便将桌上的东西往布包里一扫，也不顾其他人的眼光就往外跑。

她“噔噔噔”地下楼，气都要喘不过来，只想赶快跑回家。

茬南的麻花辫在她身后荡来荡去，心里仿佛装了个风筝，呼呼的风从中穿过，将她吹得快要飞起来了，今天她要和大哥一起去舞会，她是大哥的女伴。

茬南一边跑一边忍不住将书袋甩来甩去，没一点闺秀的风范，欢快极了。

“嘀嘀。”

汽车喇叭的声音突然传来，茬南下意识停下脚步才看到前面那辆黑色的普利茅斯，一下子绽放出极灿烂的笑容，牙齿全露了出来，忙又收敛，乖乖走到车前，拉开车门敛裙坐了进去，十足一个小淑女。

可惜，她刚坐进去就破了功，忍不住一点点挪着靠近坐在里侧的大哥。

她今日的裙子有些短，几乎只到膝盖，坐下来后便露出了泛着粉色的膝盖，小小的，缓缓地转了过去，将要触上深黑的西裤，被那笔挺的裤线衬得有几分可怜可爱。

“大哥，你是来接我的吗？”她歪着头偷偷瞟着江庆之，小声地问道。

“不是。”江庆之的手指放在膝头，一下下敲着。

荏南有些不服气，身子转了回去，用比蚊子还小的声音犟嘴：“明明就是。”

“嗯？”眼风扫过来，敢和他顶嘴了。

荏南瑟缩了一下，却还是继续犟：“你平日哪里下班这么早，就是来接我的嘛。”她越说还越理直气壮，声音也从蚊子慢慢变成了猫咪叫，还不停地用眼角余光悄悄瞧他。

江庆之懒得理她，自顾自望着车窗外，她却得寸进尺，干脆转了过来，说：“那大哥是为了什么来学校的，不是来接我的，难道是去找校长的吗？”

看来是胆子真的养得太大了些，江庆之的眼眸从车窗外移了进来，透过眼镜扫了她一眼，他没有回答，而是开口发问：“你改的裙子？”

荏南一下成了哑巴，支支吾吾地不知如何回答，中西女塾里的制服都是有定式的，这里的女孩子出身非富即贵，毕业之后不是订婚结婚就是去美国深造，因此要求格外严格。

即便这样，也挡不住女孩子们爱美的心思，平日里穿的一样，那便收一寸腰、提一寸裙子、袖口改窄一些，都是最常见的把戏。

她原来总是老老实实穿的，可前几天忍不住学着班上的女同学，也把制服改了改，她不贪心，只收了一点，原以为这么一点肯定不会被大哥发现，没想到还是被捉住了。

她讷讷不知如何辩解，两只膝盖也不知所措地互相磨着。

江庆之看她这副傻样子，倒放过了她，眼神落在她的膝盖上。

“怎么那么小？”他禁不住发问，这是第一次这么仔细地看她的膝盖。

茬南乍一听，立刻弓起背，将上身藏起来，有些不服气地反驳道：“我……我还小，还会再长的！”语气中还含着一些伤心，可怜极了。

江庆之挑了挑左眉，正眼看向她，才发现她的动作，不禁失笑。

他屈起手指，狠狠弹了下茬南的脑门，才说道：“胡想些什么呢？”他的声音头一次带了些藏不住的笑意。

“本来就是嘛，我本来就还小，再过一段时间就……

就不会比别人差，现在也不比别人差的！”她越说越委屈了。

江庆之向来喜怒不形于色，此时也忍不住扶额叹息，难得解释了一句：“我是问你的膝盖怎么长得这么小。”

这下闹了大笑话，前面还有司机，她那些混账话全被听了去，荏南一下子羞得想钻进皮椅缝里，耳朵尖尖红得要滴血。

江庆之防微杜渐，揪住她小小一团耳垂拧了拧，哄道：“不许哭。”

“才没有要哭呢。”荏南被他戳中心思，真的咬住唇绝不哭，可大哥却没有放手，还是轻轻拧着她的耳垂。

他指腹上的纹路刮在她耳垂后，有些微刺，但又仿佛被羽毛尖尖挠了一下，让她心头怪痒的，倒盼着大哥能多欺负她一下。

可过了一会儿，大哥还是将手指收了回去，荏南有些舍不得，条件反射地抓住了他退开的手，握住之后却有些讷讷的，不知道该找什么理由，只能就这样用小小的手抓着他的虎口，眼神怯怯的。

“做什么？”江庆之说着就要收回去。

“大哥，你的手掌真的好大呀，比我的大好多呢。”情急之下她说着显而易见的废话。

大哥似笑非笑地看着她，让荏南心里一阵发慌，手指也开始轻轻颤了起来，半天才咬着唇，牵着他的手指，放到自己的膝头。

她握住大哥的手，让三指并拢，落在膝盖上，细细对比着。

男人修长的指头搭在她细嫩的膝盖上，那泛着粉色的膝盖那么小，不过三指就能全然罩住。

茬南虚虚拢着大哥的指根，牵着他的指头在自己的膝盖上左移右挪地比着，眼神透着几分稀奇，说：“怎么会那么小呀？”

这么点事就高兴起来，真是个孩子，江庆之想着。

第四章

锡士兵与冰女王

ren nan

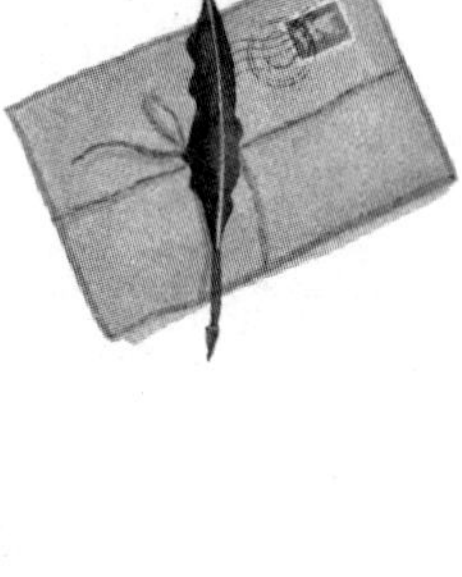

今日去的是廖家的订婚宴。

廖家小公子在情场上刚风光几年，就被家里押着去相亲了，去时还悄悄邀了西洋来的女同学，打算大闹一场搅黄这事。谁知对方也想了一样的主意，据说当时双方父母的脸色精彩极了。

未想误打误撞，最后真成就了一对欢喜冤家，如今开开心心地打算一同步入爱情的坟墓。

这样精彩美满的罗曼蒂克故事自然是最受欢迎的，廖家本来也是望族，因此今晚的订婚宴可以说是热闹极了，城中名流会聚于此，江家与廖老爷也算熟识，自然是座上宾。

来的人极多，一层全部打开，四层水晶灯吊在天花板上，投射出璀璨的光芒，直把昏黄的傍晚照得好似艳阳天。

所有的窗帘都拉开了，无数的小灯泡挂在在庭院里的冬青枝上，散发着星星点点的微光，这样的东西本是不稀奇的，只是汇聚成一片星海后，在室外的夜晚就显得格外浪漫。

主人家还特意去花厂子里拉了许多花，搭在花架上缠缠绕绕，直铺出了一片香雪海，宾客走过去，身上都会留下点沁人的气味。

主人考虑得也周到，今晚来的年轻男女多，依照着准新娘的口味，做的都是 Fig Vanilla Danish、Pear Tart、Gâteau Basque 一类的外国点心，专门做成一口便能吃进去的尺寸，连口脂都不会沾到。

订婚宴开始，两位新人都大方极了，脸上只有喜悦，没有怯意，悠扬低沉的大提琴声一起，廖小公子便躬身行礼，邀请他的爱人去跳开场舞。

新娘子扬着脸，轻轻将柔荑搭在未婚夫伸出的手上，同他一起步入舞池，裙角飞扬，笑容灿烂，比她手指上的火钻更可贵的是那股子都能看得见摸得着的幸福与期待。

他们是全场的焦点，享受着所有人的祝福。

荏南站在角落里，看着光影下闪亮的那一对，不自觉地荡漾出微微的笑，多幸福啊，空气仿佛都是甜的，对他们来说，大概真的有情便能饮水饱吧。

世界在他们眼中应该都是金黄色的，香槟般畅快而欢欣的颜色，一切都是那么美好，世界的道路正在两人脚下展开。

荏南有些羡慕，同时也真心祝福。她并不是那种会因为他人的幸福就矫情自伤的女孩子，总是用一种近乎孩子般的天真去看待这个世界，也总是用善良的心去对待别人。

她站在壁角，在这盛大的舞会上，静静地看着舞池里纷飞的一对对佳侣。

在这样的场合，江庆之这样的人物必然是有无数的人要打招呼、谈事情、拉交情的，荏南一个半大孩子自然有些不适合跟在旁边，因此和主家打过招呼后，她就乖乖到一旁吃东西了。

女孩有些跳累了，便挽着未婚夫的手臂去休息，她的女伴们瞬间围了过来，好不热闹，其中一个特别漂亮，两人好得和一个人一样，叽叽喳喳地说着，不时耳语，十分热闹。

过了一会儿，新娘子露出个惊讶的表情，然后笑了开来，硬拉着女伴往旁边走，女伴有些惊慌，又有些抑制不住的羞涩。

她大大方方往江庆之那边走，站到跟前，以新娘子的派头大胆地对江庆之说："江先生，我的女友落了单，今天这样的好日子，我想请你陪她跳支舞，可以吗？"

今日，她是女主角，又当着众人这样发问，出于绅士风度，他也不好拒绝。

"当然。"江庆之颔首。

他站的地方是背对着荏南的，尽管听不见他回答了什么，荏南看着对面女孩脸上迸发出的光彩，也能猜到一二。

荏南转过身去，直直地看着墙壁，眼神呆呆的，什么都不想，这样就不会在这样的场合扫兴了。

穿着燕尾服的听差从旁边路过，托着一盘香槟，荏南拿了一杯一口喝尽，甜甜的，也算是种安慰，于是又拿了两杯，小猫抿水似的喝着，一会儿便见底了。

细密的气泡从阳光般的液体中涌了出来，碰到杯壁又“啪”地消失了，杯口忽然被一只手全遮住了，细长的香槟杯从小小的手指中收走。

荏南有些后知后觉，呆呆地回头，看到高高的身影投下来，她喝得急，有些醉了，过了一会儿才反应过来，傻傻地问：“大哥不是要去跳舞了吗？”

江庆之看着他的小姑娘，她无畏地对着闪耀的灯光，眼中满是懵懂，蜜桃一样带着几分婴儿肥的脸庞因为酒意而染上些石榴红，比什么胭红都更好看。

“在那之前，先检查下教学成果。”他说得轻描淡写，却让荏南此前的坚强功亏一篑，红了眼圈。

“May I？”

他第一次低下骄矜的头颅，对他的小姑娘伸出了手。

他的小姑娘将自己交给了他，脸上荡漾出十分美、十分勇敢的笑容。

一滴泪坠在半空，反射着斑斓的光。

舞池中已有不少人成双成对，两人挽手步入其中，仿佛成了真正的爱侣。

“江先生，我的女友落了单，今天这样的好日子，我想请你陪她跳支舞，可以吗？”

“当然。”江庆之回道，“今日我带了我家小姑娘过来，她怕生，舞也跳不好，我得先陪她跳第一支舞，不让她出丑，所以还请稍等。”

他话里带着自谦，脸上还带着点笑，拒绝起来却丝毫不客气。

荏南将将到江庆之耳边，今日穿了高跟鞋，便到了耳朵尖，总算不用那么费劲地仰视他了。

大哥身上的冷杜松味传了过来，他平日里不喜欢喷古龙水，但出席这种场合多少会用一些，这瓶也是荏南送的那些礼物之一。

他将香水喷在手腕，然后用手腕从颈后擦过，这幅场景荏南未看到，却仿佛印在心中。

她被这味道蛊惑，想要去嗅那香气的源头，微微动了一下便停住。

江荏南是江家的小小姐，不能在众人面前靠在大哥的胸膛上，不能依在大哥的肩上，不能吻他侧脸，不能和他并肩。

荏南还是快乐的，依然幸福，只是无端地生出一些惆怅，不想让这惆怅影响这支难得的舞，于是将真心藏了起来，笑得更甜。

突然，腰上一紧，她的眼印着大哥的眼。

“你再踩，脚该废了。”

只这么一句，没别的交代，连眉毛都没动一下。

他不是没有注意到，她的一颦一笑、一举一动，他都熟稔在心，她的睫毛颤一下，江庆之也知道她怎么了。

她的眼眶没红，也没有皱眉，只是这么轻轻地放下了唇角，随即又扬起一个极甜蜜的笑容，那么美，那么乖，那么像他的囡囡。

可他不能让她靠，不能拥她进怀里，不能吻她的侧脸，不能做任何事。

他知道，应该什么都不做，在这众目之下，做便是错。

但江庆之还是轻轻抱起了江荏南，放在自己的脚背上，在一片纷飞中，慢慢地陪他的囡囡一步步挪动。

于是，如昨日一样，她就这样与大哥共这一支舞。

“大哥，今晚你就陪我跳舞好不好，一直跳好不好？”

她的目光里全是依恋，灯光太亮，让情绪无所遁形。

明明还有好多人等着和他寒暄，明明还有那么多人在注视着他的一举一动，明明他还应承了今日的新娘子要陪她的女朋友跳舞。

可他的囡囡在问他。

“好。”

乐队开始调提琴的弦子，换了慢调子，满场穿来窜去的舞伴们安静了下来，换了方式，轻轻揽着腰搂着颈，慢慢挪动着，一派温馨亲密。

茬南感谢这音乐，让她和大哥能掩在其中，少几分瞩目，也恨这调子，让她和大哥与旁人无甚不同。

她的心思连自己都快不懂了。

两人没有真这么跳一晚上，香槟后劲大，茬南没喝过酒，不一会儿脸就越来越红，江庆之带她去旁边休息，守着她喂她喝水。

茬南反应有些慢，杯子凑到嘴边，还抬头看了一眼，仿佛在确认到底是谁在喂她，看清是大哥后，才乖乖地低下头小口小口地抿着水，小猫似的。

她的发丝随着低头的动作掉了一点下来，快要落到水杯里时被一只手接住了，缠在修长的指上，细缕缕如情丝绕，被手指牵着挽在耳后，指尖拂过小小红红的耳朵。

茬南喝醉了很可爱，不吵不闹，眼睛慢慢地眨着，一切动作和反应都放缓了，她乖乖地坐在椅子上，没有乱动，就这样瞧着顶上的大哥，良久，嘴角漾出个笑。

那个笑落在江庆之眼里，他抬手摸了摸茬南的头，蓬松的头发从他手心拂过。

江庆之转身离开，茬南醉得没有阻止，只是呆呆地用眼神追随他的背影，看着他和主人家说了些什么，然后又极快地走了回来。

“大哥。”她看见江庆之回来，一下子开心起来，也不管什么，就这么坐在椅子上伸出手，仿佛小孩一样要人抱。

“走吧。”江庆之架住她的胳膊，将她半提了起来。

她软得和面条似的，就这么依依地靠着他，幸好所有人都能看到她的脸很红，她只是喝醉酒了，喝醉酒的小小姐被大哥半抱着，也不会惹人非议。

江庆之扶着荏南的肩往外走，她脚下乏力，又穿着高跟鞋，几乎没有自己使劲，全靠大哥架着她。

出了门，凉薄的夜风一吹，她总算有了几分清醒，借着夜色的遮掩，她将自己交给了大哥的胸膛，靠在他肩膀上像猫咪一样磨蹭着，脸上还带着一点天真至极的笑，也不知有什么好开心的。

“下次再喝酒就打断腿。”江庆之看着她傻乎乎的笑，有些头疼。

“那……那囡囡怎么走路呢，大哥会抱我吗？”她喝了酒，脑子似乎也不转了，只会忽闪忽闪地眨着眼睛看他，连囫囵话都说不清了。

“太重了，放轮椅里推着走。”他倒也肯配合回答这些胡话。

“那也可以的，大哥推我就可以，你推我，好不好呀？”

尾音上扬，像个小钩子，却又软得很，什么都钩不住。

“我不推，你能安生吗？”他一步一步走得极稳，茬南快软成了泥，却也被大哥妥帖收藏，小心拥抱着。

茬南倒真的歪着头想了一会儿，才认认真真地回答：“可以的，如果你真的不想，囡囡也会听你的，会乖乖的。”

江庆之莫名生出了点心疼，密密地扎进他的心里，可他没有办法，无可奈何，只能紧了紧搂着茬南的手，慢慢向外走去。

上了车后，茬南似乎后劲上来了，醉得更厉害了，脸颊红扑扑的，散发着热气，不自觉地靠在江庆之的西服上，用凉凉的布料给自己降温。

江庆之随她去，只是不时地替她拂去散落在唇边的发丝，沉声对前面的司机说：“走大路，开稳些。”

茬南醉了也不安生，两手握住江庆之的手，就这样一根根地掰着、玩着，用小小的手摸索着大哥分明的指节，捏着他的虎口，用指尖悄悄按着掌丘上的茧子，自己还不时地傻笑一下，真是个实打实的傻囡囡。

“大哥的手很大，我的手很小，大哥的手可以把我的拳头全部包住，对不对？”这样的痴儿，实在引人发笑。

江庆之没有笑，只是依言包住了茬南小小的拳头，任她蜷缩在自己怀里，下巴靠在她软软的发梢上，在头顶留下一个若有似无的吻。

荏南醉了，记不得事，所以只这一瞬，他可以放纵自己，轻轻触一触她。

荏南的小拳头被包住了，她发出咯咯的笑声，清脆又软甜，在大哥掌心放肆地动着，却怎么都没有挣脱，大哥没有放开她，这让她更开心了。

夜并不寂静，霓虹初上，街上正热闹着。

电车哐哐当当地从旁边经过，去上夜班的护士从车上下来，丝袜被挑着担子的小贩刮过，两人吵了起来；黄包车夫喘着粗气跑过，车上坐着要去永安的大东舞厅找舞小姐的急色鬼，对这场争吵显然漠不关心，黄包车夫避开前方抱着孩子的妇人，那妇人随即也转入弄堂不见了。

人类的悲欢从来都是不相通的，正如车上的人没有看街上的人一眼，街上的人也不会关心旁边安静行驶过的汽车里又是什么光景。

从窗外透进来的斑驳的霓虹照在荏南软嘟嘟的脸上，她皱了皱眉头，江庆之伸手将车窗上的帘子拉上，按了按她的小脑袋，让她继续睡。

可荏南没有睡，下巴支在大哥的胸膛上，抬头看了看他，然后在昏暗中绽出了笑，轻轻地唱着："Some day I'll wish upon a star.

And wake up where the clouds are far behind me.

Where laughter falls like lemon drops,

Away above the chimney tops,

That's where you'll find me."

她细软的声音仿佛含着蜜，悠扬地悬在车厢的半空中。

这是英文课上教的，她回家后曾学着给大哥唱过。

大哥会弹钢琴，可自从工作后就很少弹了，出席各种场合，无论是长辈打趣还是小辈起哄，他从来没有表现过。

只有荏南磨着他时，他才会心甘情愿地替囡囡伴奏。

只有她。

夜幕中一辆普利茅斯驶过，留下一丝若有似无的歌声。

好容易到家了，江庆之自己先下了车，然后走到另一头，打开门，将醉了的荏南小心地抱了出来，干脆也不让她自己走了，就这么横抱着走进去。

荏南在酒意之下已经有些困了，乖乖地偎在他怀里，连手都没有伸出来环住他，而是好好地放在自己的小肚子上，膝弯架在他坚实的手臂上，穿着小红皮鞋的脚随着他的步伐一晃一晃的。

江庆之直接将她抱上了二楼房间，放在床沿，俯身下去将她的小红鞋子脱了下来，放到一边，然后将她放进被子里盖好。

“我让张嫂来给你洗漱下就睡。”他起身打算出门。

他刚站起来，尾指就被捉住了，圈得紧紧的，荏南侧躺在被窝里，就这么眨着眼看着他，没有说话，眼睛里却藏着什么。

江庆之又坐了回去，拂过她的额发，低声哄着："怎么了？"

"我不要他们，我要大哥，你陪我好不好？"

江庆之沉默不语，将自己的尾指抽了出来，虽然缓慢，但是很坚定。

荏南淬了点眼泪出来，盈在眼眶里，在昏暗的房间中像钻石一样闪亮。

江庆之叹了口气，手指擦过她的眼角。

"别哭了，等你睡着我再出去。"

这点让步却没有换来荏南的展颜，她将脸埋进松软的枕头里，肩膀微微抖动着。

江庆之没有再出言哄她，只是一下下拍着她的背，力道轻柔，过了一会儿问道："喝点水再睡？"

酒醉后就会容易口渴，她醉中还流泪，更需要水分了。江庆之看荏南没有拒绝，便拿了她粉色的水杯过来，温柔而强硬地将她扳了过来，半靠在自己怀里，喂她喝水。

荏南太过口渴，捧着杯子就要大口喝，江庆之放了手让她自己来，结果她喝得太急呛了起来，水也洒了一身。

江庆之连忙接过杯子，一下下地给荏南顺着气，好容易让她平息下来，鼻头都呛红了，皱着眉头满脸不适，江庆之看她这样子也舍不得再责怪什么。

荏南的衣服湿了，又是礼服，她早被束得不舒服了，此时便哼哼唧唧地想要脱下来，她醉中没有章法，礼裙脱了一半就卡在腰间，挪动着试图把礼服蹭下来，却越蹭越乱。

江庆之看着怀里的荏南衣衫半露，晃出一片夺人心神的白。

这幅景色全数映在他的镜片上，反而掩去了他眼镜后的眼神。

他的侧影投在墙壁上，久久不动，最终，影子抬起了手。

一夜过去，晨曦透过玻璃窗照进来，荏南从昏沉中醒了过来，她的酒量一向不好，一喝酒便不知醉中情状。

昨夜在她的脑子里留下了一些支离破碎的片段，如流萤闪过脑海，却难抓住。

她查看着周围，却没发现什么踪迹，只能跪立在床上，有些无措。

身上的衣服不再是昨夜被打湿的礼服，而是舒适柔软的白棉裙，荏南愣了一瞬，唇角绽放了一个笑。

“大哥，抓住你了。”

阳光越来越强了，照在山核桃木的地板上，有些发烫。荏南的白裙子散在床沿上，裙摆微微垂下，她往半空中翘起脚，趾甲闪着樱色的光泽，她的脑子放空，脚趾无意识地胡乱动着。

大哥真的会这么做吗？

荏南将有些发烫的脸颊侧放在膝盖上降温。平日里的大哥从不对她有逾矩的举动，即便她费尽心思织罗陷阱，大哥也从未行差踏错。

可昨晚……

荏南太没出息，一下子扑进被子里，整个人埋了进去，左扭右晃，脚也不停地往空中无序蹬着，等再出来时，额发乱蓬蓬地散在脸上，只剩发窝下一双闪闪发亮的眼睛。

她又磨蹭了一会儿，才终于下了楼，躲在门柱后探头探脑，发现大哥还在餐厅里坐着。平日这个点，大哥早已去部里加班了，今日却还留在这里，荏南赶紧缩了回去整理了一下自己的头发和衣服，才走了进去。

江庆之已经用完早餐，正在看文件，见她落座，眼风也没多给一分。

荏南不禁多了几分胆怯，好在她准备的勇气很多，即便这样也依然够用。

“大哥……”她想问清楚。

“快吃，下次不许起这么晚了。”江庆之打断她，将小笼包放到她的面前，催她赶紧用饭。

大哥对她积威甚久，加上今日晚起，她不自觉就心虚地听候吩咐，之前打算好好清算会谈的心都忘在一边了。

荏南小口小口地咬着和她脸一般皱的小笼包，时不时偷偷瞄着坐在桌前的大哥。

还是一丝不苟的背头，还是整齐到一丝褶都没有的西装，手表好好地系在腕上，衬衣扣到了最上一颗，打得还是严整的温莎结。

一如既往。

她一直在偷看，后来甚至光明正大地看着大哥，若是往日怕是早就被敲了栗暴，可今天江庆之却只是看着文件，没有分出丝毫注意力给她。

荏南忍了一会儿，还是按捺不住，急急吞掉碗里的包子便打算开口。

“大哥……”

这回被来送文件的秘书打断了。

礼拜六找到家里来，估计是加急文件，荏南不敢打扰，就乖乖地坐在旁边等两人交送、签字，眼见秘书拿着文件要走了，她都有些等不及了，饭也不吃，眼巴巴地坐在椅子上等着。

想和大哥说话怎么这么难呢，好在她有很多很多的耐心，所以再等三分钟，不，再等一分钟也是可以的。

等秘书收好文件打算去送，荏南简直迫不及待想欢送他离开，眼睛都提前眯成了弯弯的笑眼，脚也不安分地轻轻晃着。

大哥马上就是她一个人的了。

“等一下。”江庆之唤住秘书，“去拍封电报给明之，让他学期结束了速归。”秘书应“是”而去。

仿佛一头凉水泼了下来，荏南呆呆地坐在椅子上，笑眼不再弯，腿也放下来了。

没事的，没事的，只是吩咐让二哥早点回来罢了，本来也快要回来了，大哥是家长，自然应该关心弟弟。

她向江庆之望去，脸上绽放出带着希望的笑容，光明正大地以一个女人的姿态要和他说话。

他视而不见，还在看着之前的文件。

荏南的勇气在沉默中又用掉了一些，可她年轻，因此还剩下很多。顶着江庆之淡漠的神情，她依然开口问道：“大哥，昨天晚上……”

可江庆之还是没让她说完，打断道：“不会喝酒以后就不要喝了。”

翻阅文件的手停了一瞬，然后继续翻过一页，他又说：“等明之回来之后，你们就订婚，订婚后你跟着他去欧洲。”

今天本来是荏南最幸福的一天。

她花了十年，终于找到了她的爱人也爱着她的一点点证据。

可如今她的心上人和她说，让她和别人结婚，和别人远走，离开他。

茌南就这么坐在椅子上，一时间没有反应过来，之前的机敏和灵慧此刻不知飞去哪儿了，连辩驳的话也说不出来，连质询都无力开口。

年轻人的爱恨都是挂在脸上的，过了好久，茌南才望向他，眼里含着大颗的泪水，几乎包不住，仿佛烧着的火一样，烫得人心里发疼。

非要在今天吗，非要在她觉得最幸福、最惊喜也最自信的这个早上吗？

“我讨厌你！”

她说完这话就跳下椅子冲了出去。她需要在此刻离开大哥，需要去一个他看不见的地方疗伤，这样才能说服自己，大哥也是爱她的。

她太年轻，不知道反常即为妖，正因动摇，才需猛药。

年轻人心中的世界是没有什么不得已的，相爱便合该在一起，什么不得已，什么苦衷，都是泡影。

她爱了便没有半分保留，未想过受伤，不顾忌嘲讽，旁人全当从未存在，心比金子还亮，比火焰还热。

她幼时听过锡士兵的故事，也听过冰女王的故事，都是大哥给她讲的。

她从来不觉得害怕，如果有爱，一日就够了，便是在火炉里熔化都可以，如果没有，那就做冰雪女王，大概也只觉王冠累赘吧。

她自己的心太热了，便觉得能融化一切冰雪。

可她不知道，这世上有许多不得已，连童话都难得圆满，更何况实在的人生呢。

荏南没有看到，她走后，江庆之坐在无人的餐桌前，一动不动地坐了半日。

荏南就这么冲出了家门，可她没有目的地，只能胡乱地在街上走着。

她明明跑得也没有多快，甚至还放慢了脚步，可大哥还是没有追上来。

荏南的眼泪又浮了出来，她立刻狠狠地拿衣袖擦了，直到擦得眼睛发疼也不让眼泪落下来。她才不会为辜负自己的人掉眼泪，大哥也不行。

她埋头走得太快，撞了人才注意到，那是个穿着马褂的壮年男子，手里还牵了个女娃娃，看上去文质彬彬的。那人见她小姑娘孤身一人，瞬间找起了碴。

“小姑娘家家的，怎么不长眼睛的啦？”他上下打量着荏南，看她一副女学生的模样，气焰越发嚣张。

“不好意思，是我没注意。”毕竟是自己撞了人，荏南乖乖道了歉，打算错身走过去。

那人却移了一步，挡住她的去路，说："道个歉就可以啦？我今日穿的还是新衫，被你撞脏了，你总得请个客吃饭赔礼吧？"他一副嬉笑的样子，和之前那斯文模样大相径庭。

茬南哪里会受这种气，沉下脸来刚要训斥，一个男人从后面站出来。

"这位先生，如果我们家小小姐和您有什么冲突的话，还请谅解。如果您执意要追究的话，那麻烦您和我们去车上好好商谈。"虽然话说得客气，可这一身讲究的西装和高大的块头，还有旁边停着的汽车，都显示了男人是有来头的。

茬南看了他一眼，这是大哥手下负责安全的秘书。大哥让他跟上来，终究还是在意自己的，可是为什么大哥不来，她红着眼低着头，让秘书和那无赖交涉。

那人也是个欺软怕硬的，见了不经事的女学生就欺负，见了不好惹的就想溜。他牵着的小姑娘走慢了一点，便被狠狠地拧了脸，一下子大哭起来。

茬南这下气不过，追上去拦住那男人教训道："你欺负她做什么？"

那人强辩道："这是我侄女，没爹没妈在我家，吃我的住我的，我怎么不能教训，外人管人家家事做什么？"他说完，瞟了眼身后的男人，抱起侄女快步逃了。

"你……"

茬南还要继续追，秘书劝她："小小姐，这事不好追究。"

荏南也知道这是别人家的事，那人只是掐了下那个小囡的脸，不管警察还是妇幼保护会，大概都不会管或管不了。可她看着那个小囡被那男人胡乱抱着哭个不停，那男子嫌烦还又掐了小囡一下，便觉得伤心。

她年幼就失去了父母，偏又有些遗产，父亲离乡后多年没联系的那些亲戚一下子全涌出来了，为了争夺她的抚养权，个个争得跟乌眼鸡一样，仿佛都将她当亲生女儿看待。

她还记得那乡下来的表姑妈面红耳赤地和五叔公吵架，说五叔公要养她就是为了给他那不中用的痴肥儿子找童养媳，自己是她的亲姑妈，肯定是最贴心的。

五叔公就争辩说表姑妈从来重男轻女，家里的姑娘从来落不着好，打水、洗衣、烧饭、喂猪，为了省柴火，连热水都不让用，大冬天的洗衣服洗得满手都是冻疮，几年下来，再也好不了了。

表姑妈被戳了痛脚，就从后面戳她的肋骨，让她主动表态，戳得她生疼，其他的亲戚也趁机加入了混战。

荏南抿着嘴不说话，只抱紧了她的熊宝宝。

一个个都吵得沸反盈天，一个个都声嘶力竭地说着会对她多好，荏南把头埋进熊娃娃里，也挡不住那些声音传进来。

她站起来跑了出去，大人们都想捉住她，一双双手在她的身后张开，马上就要抓住她了。荏南使出全力跑着，小小的心脏快要爆炸了，却在转角撞上了人，摔倒在地。

完了，要被抓住了，没有人保护她了。

茬南坐在地上，红了眼圈，一双手温柔地将她托了起来抱在怀里，她下意识地环住他的脖子，是庆之哥哥。

他没有问茬南怎么了，只是和她说："别怕。"然后，他便这么抱着茬南，穿过挂着白绸的灵堂，走到那群虎视眈眈的亲戚当中。

"各位，茬南的父亲江德怀在生前已经立下遗嘱，将她交给我们江家抚养直至成人，有劳大家操劳茬南父亲的葬礼，如今头七已过，江某会安排车马送各位回乡的。"

这下炸开了锅，窥伺已久的亲戚们哪里肯放手，当即各种攻讦——

"我们才是茬南的亲人，你算什么人？"

"你们家就是贪图茬南家的财产。"

有人拿挡枪来说事："人就是你阿爸害死的，你还敢在这里装好人？"

亲戚们脸上的狰狞越发露骨了。

小孩的心思是最敏感的，茬南转过头不去看那些脸，把自己埋在庆之哥哥的肩头，小小的手环得更紧了。

江庆之没有急着反驳，而是摸了下怀里小囡的头，半低下身子捡起之前落在这里的熊宝宝，拍干净还给她，才推了推眼镜，说道："诸位，关于茬南的去处，是茬南父亲生前在律师的见证下立下的遗嘱，现在遗嘱的原件和复印件都保存着。”

“德怀死前中了枪，肯定是昏了头了，哪里能算数！”

“算不算数不是你我说了算的，是法律说了算的，立遗嘱时荏南父亲神志完全清醒，当时我父亲与荏南父亲自知前路危险，都立了遗嘱，一方死了的话，另一方便要照顾留下的子女和遗孀，我父亲的遗嘱也一并在律师那里存留。各位大可自己找律师咨询看看，若要打抚养权的官司，赢面有多大。”

“你少吓唬我们，我告诉你，你们家就是想谋夺德怀的家产，我们这些可都是顶亲的亲人，哪能叫你得逞！”

“财产全部归荏南一个人，在她成年前将会由信托基金管理，是荏南父亲生前入资的国安信托基金，是叶鸿英先生等人创立的。叶先生原来是农商部顾问，在上海极有威信，自然会守信。”

众人没了理由，可又不肯撒手，便在那里耍泼。江庆之一脸淡漠地任由他们吵，只是伸手将荏南的小脑袋往自己怀里按，盖住她的耳朵，不让她听到那些话。

等他们嚷嚷累了，他才继续说：“江先生在遗嘱上还写明了拿出一部分回馈乡里和族亲，我们家与荏南父亲同根同源，愿意加厚三分，但遗嘱同样写明了如果在抚养权上有所纠缠，这笔钱便取消。”他的镜片闪过光，他又说，“各位是想拿着这笔钱回乡好好经营，还是在这里就地找个律师与我家打官司，江某都无意见，反正结果对我们来说不会有任何区别，但对各位来说有没有区别就需要你们细细掂量了。”

此时，他不过是个刚成年的少年，可背挺得笔直，神情坚定，眼神能直看进人心里去，站在那里，便谁也不能忽略他。

亲戚们面面相觑，又叽叽喳喳地商量了一阵，到底妥协了，江庆之丝毫不意外，客气地将众人送走，留下荏南和他两个人。

他将荏南放下，自己蹲了下来和她平视。

“荏南，和我回家好吗？”

除了父亲去世的第一日，之后荏南都没有哭过，她太小，还不理解前几天还在让她骑大马、带她去游乐场的阿爹怎么就突然死了，怎么就“再也回不来了”，她怎么就成了“没爹没妈的孩子”了。

这些话她都听不明白，所以只抱着自己的熊宝宝，什么都不听。

不知道为什么，庆之哥哥明明没有哄她，也没有骂她，可眼泪就是止不住，连鼻涕也流了出来。

江庆之叹了口气，掏出手帕擦她的眼泪，然后放在她鼻子上，哄她说：“用劲。”

荏南哼哼地出着气，江庆之替她擦干净后，将她小小的身子抱进怀里。

“以后我就是你的大哥，你就是我们家里的囡囡。”

从那时起，大哥便是她的救赎。

江伯父虽然被父亲挡了致命的那一枪，但是也落下了病，不良于行，每到阴雨天就疼痛难忍，连带着伯母也忙于整日照顾，过了几年便去了澳大利亚疗养，基本没回来过。

可以说，江明之和荏南都是江庆之这个大哥带大的，从衣食住行到上学全是他操心的。

荏南当初是在晚上知道父亲过世的消息，自那之后就有些怕黑，直到现在睡觉还会开一盏小台灯。刚刚到他们家时，夜里经常做噩梦，她便会偷偷溜到大哥的房间里和他一起睡。

可是这样到底不好，所以江庆之从不让她在自己房里过夜，每次都等她睡着了便又把她抱回了房间。

可若是再做梦了，荏南醒来看不见他便更害怕。后来江庆之就会守在她房间哄她睡着，然后在房间里的矮脚沙发上将就一晚。

她那时只顾着害怕，将大哥当成稻草紧紧抓在手里不放，没有考虑过他那么大的个子天天窝在沙发上有多难受，还傻傻问他："大哥不喜欢睡床吗？"

江庆之笑着弹了她一个栗暴，温柔地斥她："小没良心的。"

她当时觉得委屈，现在想起来却满是酸软。

不仅如此，江家的家业还提前落到了他身上，大哥也因此放弃了去国外留学，本来可以做一个学者，埋头于自己喜爱的学问当中，自由地说想说的话，自由地做想做的事，而不是如今这样在外戴着面具生活。

荏南看着那个小姑娘哭泣的背影，本可能像那个小姑娘一样寄人篱下，被人欺负也无还手之力。可她被大哥当作掌中明珠，大哥是真心待她，连二哥明之都曾半开玩笑半认真地说这家里大概只有他是捡来的。

荏南不知道爱是不是都如电影里演的那样是于百般折磨中的海誓山盟，但她得到的爱亦是不逊于任何人的、藏在一日日平淡生活中的惊心动魄。

大哥怎么能不爱她呢，怎么会不爱她呢。

他们不是血缘之亲，大哥也不是那种同情心过剩的滥好人，就是对亲生的弟弟也及不上对她的一半好。

人可以隐藏，可以说谎，但对一个人的好是说不了谎的，眼睛是不会说谎的。

大哥看她的时候，明明那么温柔。

第五章

『我爱你』

ren nan

荏南胡乱走着，不知道走了多久，有些累了，看着身后跟了一路的车，轻轻呼出一口气，抬头看了看，太阳正耀眼，只有几片稀薄的云飘着，间或盖上圆日，忽又散开，金色的光刺得她睁不开眼，只剩下影子孤零零地投在地上。

她怕什么呢，挥霍过大哥很多很多的耐心，独享过大哥很多很多的关爱，所以有底气，不怕受伤害，不怕被拒绝。

荏南看着天上的云，咽下被阳光刺出来的眼泪，转身对一直跟着她的秘书说："回去吧。"没等秘书反驳，就继续说，"我跟你回去。"

家里静悄悄的，荏南放轻了手脚，跟猫似的，正要上楼的时候，无意间瞥向餐厅一隅，角度所限，只看见一只手放在朽叶色的餐桌上，被挺阔的西装包裹着，袖口处系着贝母的袖扣，在摆弄着什么。

正是她早上落下的珠花。

荏南背过身去，靠在扶手上，胸脯起伏着，试图平息自己的情绪。尽管千百次地告诉自己大哥是在意自己的，可是她怎么能不忐忑，怎么能不委屈。

直到此刻，她看着向来镇定的大哥在她离去后呆坐在原地那么久，平日里无论风吹雨打都不曾迟到过半刻的人，如今却捏着她的珠花不放，荏南终于能确定，他是爱自己的。

她没有惊动大哥，悄悄地上了楼。

接下来一天，荏南都没有出过房门，吃食也是张妈拿进去，可怎么拿进去的，就怎么端了出来。小小姐吃饭一向是全家最上心的，张妈急得直打转，可也不知道小小姐怎么突然就不吃饭了，便是她拿出最爱的樱桃和草莓蛋糕，她也没看一眼。

张妈端着没动的饭菜出门，看见大少爷守在一旁，她轻轻摇摇头，就听见大少爷叹了一口气，示意她先下去。

张妈下楼梯走到一半时，回头看到大少爷立在小小姐门前，以为他要进去，可过了一会儿，他还是转身走了。张妈也叹了口气，这小小姐和大少爷是最亲的，以前无论什么事，小小姐卖个娇求个饶就过去了。如今，这大少爷不吃饭，小小姐也不吃饭，算是怎么回事啊？

等到了厨房，张妈打算处理掉剩下的饭食，仔细一瞧，乐了。小小姐哪里是没动过饭食，她是小心地把饭菜中间吃空了，再把面上的原样摆回去，装作没吃过的样子。

看来小小姐这是打算明修栈道，暗度陈仓啊，张妈绝不给小小姐拖后腿！

不过，大少爷可是真的一点没吃，张妈在心里纠结了一下，觉得还是替小小姐瞒着更要紧些，心虚地想：若是明日二人再都不吃，再告状也不迟。

到了第二日早晨，茬南早早到了餐桌前，比江庆之起得还早些，正襟危坐，连大哥落座都未多看一眼，江庆之和平日一样落座，一丝异常也无。

待他坐下，茬南便拿起桌上的牛乳和吐司，吃得极香。江庆之看了她一眼，也开始进餐，他吃的速度快多了，一会儿便吃好了，拿起一旁的西装准备去司里。

“大哥。”茬南唤住了他，江庆之回头，看到她转过身来，浅色的眼珠泛着琥珀色的光，对他说，“我考虑过了，等二哥回来，我就和他订婚。”

茬南没有等到大哥任何的迟疑或不悦，他只是淡淡说了声“好”，便转身往外走。

不会有人知道，江庆之的下颌绷得有多紧，包括茬南，也包括他自己。

自那日起，两人就陷入了心照不宣的冷战当中。说是冷战，倒也都如常应对，茬南每每见到江庆之，还是乖乖叫大哥，饭也一顿不落；江庆之也照常早出晚归，依然会给她带喜欢的草莓回来，也依然会过问她的生活和学习。

可距离是看得见摸得着的，江庆之的袖口无人再牵着撒娇了，荏南也未再去那条巷子等过他。

那日早晨，秘书来接江庆之去开会，顺便带来了江明之回的电报，明之大少爷丝毫不考虑跨洋电报费有多贵，洋洋洒洒一大篇，大意几字便可概括：他要和女同学去瑞士，不归。

江庆之独自看完，眉毛都没动，只将电文交给秘书，吩咐道："去回他，不听话就打断腿。"末了他又加了一句，"断生活费。"

秘书憋着没笑，他跟了江庆之多年，早已习惯家里这一对活宝。

当然，惹祸的一般都是二少爷，小小姐一向是最受宠爱的，便是偶尔耍些心眼，江先生也从来没认真罚过她。不像二少爷，那可真是被江先生打大的，这句"打断腿"还真不只是吓唬而已。

待秘书走了，二人又开始用餐，荏南一脸好奇地问："二哥说什么了，他什么时候回来啊？"

"没什么，他会按时回来的。"江庆之没有多说。

"我还挺想二哥的，他在的时候总是领我出去玩，都不带重样的。"

江明之虽然风流，可这也有好处。他见识广、朋友多，性子又好，从来不嫌茬南是累赘，总带她出去开眼界。

她第一次参加舞会，便是十三岁时二哥悄悄带她去的，还哄骗她第一次喝酒，大哥是从来不准她沾一滴酒的，所以家里人都不知道她酒量如何，二哥只敢给她弄了点甜甜的樱桃酒，可就这样，一杯下去她便醉了，只会歪靠着人傻笑。

二哥被吓了一跳，想半夜将她偷偷运回去，好容易进了家门，她却抱着廊厅的大木头桌子腿傻笑，还唱起歌来，把二哥急得够呛，最后还是被江庆之发现了，第二天她没遭殃，二哥却被打了一顿。

她想起这些确实觉得有些感慨，语气里的开心和思念也都是真的。

茬南的笑映在大哥的镜片上，却没落进他的眼底。江庆之几口喝完了粥，便起身打算去上班，经过时，茬南乖乖和他道别："大哥，再见。"

江庆之低头看了她一眼，她笑得正天真，他就点了下头，快步走了。

接下来一段时间，司里到了每个季度的总结，江庆之每天要开的会堆了一箩筐，还个个都要发言，连日来都没工夫休息，眼下也有些泛青，难免脾气差些。

等秘书再来汇报二少爷的新电文又来了，这次依然长篇大论，核心意思仍能一句概括：腿可以等回来给你打断，但生活费不能停，让女同学出钱太没有绅士风度。

他这次直接让秘书拍了三个字过去：滚回来。

荏南笑着看大哥和二哥斗法，不时还调侃几句，亲近之意溢于言表。那天，她支着下巴歪着脑袋，说："班上同学如今都在讨论郊区新开的跑马场，据说还会在那里开歌咏会。"

"你想去？"江庆之问了一句。

"有点，这样回来我还能和同学们说说呢，她们都还没去过，都是听人传的。"荏南叹了口气，颇为遗憾的样子，"二哥要能早点回来带我去玩就好了，他最会看马了，定能押中。"

"不许学赌钱。"江庆之只撂下这么一句话，又去上班了。

这段时间江庆之越来越忙，说话的机会也越来越少，可偏偏荏南惯会见缝插针，逮着时机便能再发生几回这样的对话。

江庆之的下属便在本已繁重的公事中更辛苦了几分。

过了几日，总算把这一季度的事情汇总得差不多了，正好有合作方办了晚宴，人到得十分齐，江庆之自然也在列席上。当夜宾主尽欢，江庆之成了主要的敬酒对象，便是没人存心灌他，一杯杯喝下来，江庆之也有些醉意。

去的两个秘书一个挡酒一个开车，待回到家时，江庆之脚步微缓，却不要任何人搀扶。张嫂替他换鞋拿衣服，还准备了醒酒汤，江庆之却不肯喝，在沙发上坐了一会儿才上去。

他的动静不算太小，但今晚茬南早早睡了，所以也没有出来，江庆之不想吵醒她，所以便让张嫂早点回去休息，自己悄没声地上楼了。

江庆之醉中无法讲究，稍微冲了冲澡，热水击在身上更熏起酒意，胡乱擦了便躺倒在床上睡去了。

深夜的江公馆，所有人都睡了，静悄悄的，夜风惊不起一丝波澜，浓重的暗色沉在每个角落里。

“吱呀”一声，门悄悄开了一丝缝隙，一只赤裸的小腿从门缝中迈了进来，她没有穿鞋，走在木地板上悄无声息，只有丝软的裙摆在膝上柔柔地荡着，汇出一片微澜。

那双玉色的足慢慢地走向床边，停了良久，然后上了床沿，随即在寂静中发出一点微不可闻的声音，床垫陷下去一点。

无人知晓。

茬南上了江庆之的床，可她并没有做过这种事情，也不知道接下来该做些什么，就这么静静地跪立在床上，赤裸的足在深色的丝质床单上推出一点褶皱。

她就这么看着大哥，此刻的他已经摘下了眼镜，头发零散地铺在枕头上，沉沉地呼吸着。她伸出手，停在半空，隔着一点距离去抚那额，滑过眉骨、眼窝，顺着英挺的鼻子，若有似无地点过鼻尖，落在他的唇上。

大哥的唇很薄，班上的女同学以前说过薄唇的男人往往薄幸，可她怎么不觉得呢，如果大哥真的薄幸，他早就可以抛下二哥和自己，去过自由自在的生活。

荏南愣愣的，胡乱想着，手指就这么漫无目的地抚着江庆之的唇线，细腻的指纹磨过唇角，如同一只多情而又荒唐的蝴蝶，丝毫不知道自己拂动的翅膀会在别人心里卷起如何的风浪。

醉中之人都易口渴，偏偏江庆之睡前潦草收拾，没喝几口水，所以即便在昏沉的睡梦中，本能亦驱动着他去汲取些水源。

他微启唇缝，那小小的手指便顺势陷了进去，指尖那一点点被唇打湿了，荏南条件反射性地想缩回手，去抵御从指骨传到掌心的麻痒，可她还来不及退便被咬住了。

牙关就这么扣着荏南的指尖，薄韧的牙嵌进柔软的指腹，有一丝疼，更有难以言喻的悸动，一股股地漾到心底。

突然，一丝湿热拂过，柔腻得很，就这么拂过指心最敏感的地方，让她终于抵不住地蜷缩起手指。

荏南一个人兀自在黑暗中红了脸。她虽大胆，可也只限于想象，这样的厮磨对她而言还是第一次。

可既然已经迈出去了这一步，回不去也不打算回去兄长与幼妹的无猜无忌，那样虽好，可终究不是她想要的。

荏南静静地看了一会儿江庆之，似乎要从这熟悉得不能再熟悉的面容中找出些秘密，光用眼睛还不够，她静悄悄地俯下身，轻轻地吻了一下他的额头。

荏南以前总是固执地寻求着和江庆之的亲密，发梢的抚摸、拉扯的袖口、轻轻搭上的手臂，还有握紧的小指。

可什么都比不上一个吻，因为这是只有恋人会做的事。

如今这样，他们大概终于是恋人了吧，荏南这般想着。

荏南有些冷，钻进了被子里，钻进大哥的怀抱里，脑袋从他手臂中拱出来，靠在他的胸膛上，好温暖啊。她犹不知足地磨蹭了下，非要整个身体缠上去才觉得满足些。

他丝质的睡衣贴在她的皮肤上带来一点凉意，如同从窗外照进来的月色一般清冷。

荏南贪心地渴求着那温凉而柔韧的感觉，更紧地贴了上去，那丝绵便如同第二层皮肤一样镀在她身上。

小小软软的膝盖无意识地蹭了上去，如同猫咪用尾巴向主人撒娇。

江庆之是从梦里醒来的，说是梦，不过是一片昏暗，只是在黑沉中不断有斑斓闪现，让他感到一股诡异的燥意。

然后，一股柔软又燥热的感觉从身边传了过来，虽然柔软，但是那股燥意像火一样烧着他，明明是疼的，可又十分痛快。

江庆之没有阻止，就这么让火灼烧着自己，直到在黑暗中睁开了眼睛。

他又做这样的梦了，这已经不知道是第几回了，近来更加频繁，白日里对她越是冷淡，夜晚便越是会梦到她。

他大概是不可救药了吧，江庆之想。

可只有在这样的梦里，他才能和她有着亲密的接触，听从心底永远无法实现的愿望，所以他不想好，不想救，只想继续这样下去。

荏南望着他，心中不是不忐忑，可仍然静静等待着大哥的反应。突然，一只手扣住她，将她拖了上来，抱得极紧，几乎让她不能喘息，清晰的心跳声从另一个胸膛传了过来，打在她的心上，让她也不由自主地心跳加速。

“我爱你。”

只有在梦中，江庆之才能够说出这句话，忍得太辛苦，只有梦是他唯一的出口，如果连梦中也不能说出来，他的灵魂是会死去的。

荏南脑子里一片空白，没有任何反应，只剩下心脏跳动得发疼，一下下怦怦声敲击着她的耳膜。她再也听不到任何声音了，连自己什么时候落下泪来也不知道，连身上抱着她的人再次睡去也没发觉，就这么在他的怀里看着窗外逐渐泛出鸭蛋青，一直流泪。

荏南没有实现她的计划，黎明之前，悄悄起身走了，回了自己的房间。

她的脑中一片混乱，情感更是一团糟，幸福也痛苦，终于意识到了一切并不如她所想，童话里只要两个人互相说“我爱你”，就可以到团圆大结局了，但真实的世界并不是这样运转的。

大哥是爱她的，很爱她的，可为什么要拒绝她，为什么只在醉后的梦中才肯承认这份爱？茬南原来想得太简单，觉得让他承认对她的感觉不一样，便能终成眷属。如今看来，好像并非如此。

茬南将自己埋进被子里，蜷成小小一团，被子便是她的抵抗和防御。她握成拳头填进自己的心口，权当作安慰和鼓劲。她不怕，会找出原因的，会让大哥心甘情愿地承认对她的爱，心甘情愿地和她在一起一辈子，再也不分开。

她在床上赖了很久才慢慢起身去洗漱，进了浴室才发现眼睛已经哭肿了，眼皮上飞着红，连鼻头都是红的，泼多少冰水也没一点用，这副样子能瞒得住谁。茬南用湿淋淋的手往镜子上一擦，留下满目水痕蜿蜒，掩住镜中狼狈的自己，她和大哥不过都是自欺欺人。

等她下楼时，大哥果然已经没了人影，这个点早过了他的上班时间了，但进了餐厅发现桌上摆了还冒着热气的豆浆。张妈一边添了热乎乎的包子和煎蛋上来，一边和她唠叨：“小小姐，下次可不要这么晚起了，这么晚吃早饭对身体不好，就算要睡也要早上吃了再睡。”

荏南喝了口豆浆，袅袅热气扑到眼睛上有些酸痛，小声反驳着：“张妈，你不用刻意等着帮我准备早餐，我起来自己热下牛奶就可以了。”

张妈随口说：“不是张妈想躲懒，是大少爷一直杵在这儿，我看大少爷那报纸来来回回都翻三遍了，问他要不要拿新报纸看，他好像还不高兴了，木着一张脸走的，还交代我一定要盯着你吃早餐。”

荏南心里百感交集，端起杯子喝豆浆，盖住脸上所有掩不住的表情，潦草吃了几口就起身上学去了，张妈在后面追着让她拿个鸡蛋，也被她拒绝了，留下张妈在身后叹气，两个人又都开始不好好吃饭了，真是愁人。

两个人又恢复了那种在一个屋檐下的客气姿态，荏南虽然暗自决定一定要找出原因让大哥心甘情愿地和自己在一起，实际却陷入了一种矛盾的情绪中，一日日地自己找理由拖延，将这表面的平静维持下去。

她心里知道，江庆之是个多么坚决的人，他既然下了决心，就必难动摇。

这甚至比以前懵懵懂懂的时候更痛苦，那个时候荏南还能在猜测与试探中去捕捉大哥对她的关心和爱意，能在这些温暖的碎片中自我满足。可现在她明明白白知道了大哥也是爱她的，也明明白白知道了大哥是真的已经决定要放弃她。

入暑，天气渐渐变热了，偶尔会从窗外传来蝉鸣，吵得人心烦意乱。

荏南是最怕热的，床上的棉布躺上去都嫌热，趴在客厅里的皮沙发上让那凉凉的皮面贴着脸昏昏欲睡。她这段时间晚上总是睡不好，课业又有些重，精神短了就老是犯困。

白色的裙摆垂在枣色的沙发垫上，荡开一点涟漪，伶仃一点蝴蝶骨在吊带裙的边缘若隐若现，幼白的手臂落了下来，指尖点在地板上。

旁边电风扇的铝叶片轻轻转着，吹起的风一阵阵扑在裙摆上，轻柔的棉裙被风吹起又落下，拂过纤白的小腿，坠到臀下。

“嗒哒，嗒哒”，门口传来木质鞋底踩在地板上的声音，一双黑色皮鞋停在了沙发尾端，收尖的鞋头指向少女的躯体。

扇叶还在不停歇地转着，风拂过他的脚踝，吹向白裙子，裙摆又飘了起来。

鞋尖往她的方向又进了一寸，停在离她咫尺的地方，然而就这一寸便遮住了后方吹来的风，裙摆一下就落了下来。

她的身影印在金丝眼镜上，脆弱又惹人怜爱，可镜片后的眸子只这么看着她，用眼神描绘她的轮廓，他始终没有挪动一步。

良久，他走上前扣住她单薄的背和小小的腿弯横抱了起来，力道轻柔，就这么抱着她走上二楼，将她放到床上好好躺好。

江庆之看着躺在宽大的床上伶仃一点的身影，轻轻吻了下她的眉心，转身离开，自始至终都没有吵醒荏南。

窗外，蝉鸣越发躁了。

大概是断生活费的威胁过于有效，欧洲的学期刚刚结束，江明之就立刻回来了。二少爷回家的动静一向是大得不得了，足足带了四个箱子，也不知道他是如何把这么多东西搬着走的。

家里年纪轻的帮佣倒是都高兴得很，江明之怜香惜玉，出手大方，几乎见者有份，那些姑娘早早就挤在家里楼梯前的大厅，看着江明之拆箱倒柜地从箱子各处拿出巧克力、小手串、丝巾，甚至还有紧俏得很的丝袜。

江明之这个散财童子做得高兴得很，斜斜靠在擦得锃亮的楼梯扶手上，噙着懒洋洋的笑，说着："人人有份，别急，要是各位小姐为了我打破头，那可就是我江某人的罪过了。"

他这副惫懒样子惹得下面的姑娘们一阵发笑，江家用人即便是帮佣也基本都是做了多年的，早就清楚二少爷的德行，胆子大点的也敢大大方方地回他："二少爷的罪过不用我们添就已经够多了。"

江明之从不为这些生气，总是一副笑眯眯的样子，听了这话也笑着回道："这都是福气，哪是罪过。"

大家笑成一团，十分快活，江明之从来都有这个本事，人在哪里，哪里的空气都是松快的。

花南刚进家门还在玄关就听见一阵阵笑声，连忙“噔噔噔”跑到大厅，果然发现江明之跟孔雀开屏一样在那儿招摇。她和江明之年纪相近，从小又一起长大，所有的坏事基本都是江明之带着她干的，算是一对损友，感情一直很好。

她笑得开心，叫了声“二哥”，江明之向她张开手，她冲过去一下抱了个满怀。江明之原本站在台阶上，笑着接了她，将她抱得离地，放在阶梯上，等她站稳了，才做出一副手臂断了的样子，边捶着手臂，边抱怨道：“怎么吃得这么多，年猪也不过这般重了。”

花南和他自小斗嘴斗惯了，却不想他去了欧洲之后嘴越发毒了。花南眯起眼睛狠狠踩他一脚，却被他一下闪过，一副欠揍的样子靠在楼梯上挑起眉毛气她：“说句实话就这般野蛮。”

花南会治他，瞪着眼睛威胁道：“我告诉大哥咯。”

“小告状精。”江明之不再动了，任她踩。

花南踩高兴了，这才开开心心地叽叽喳喳问起他来：“二哥，你什么时候回来的啊？不是说要去欧洲玩吗，怎么这么快就回来了？我知道了，你肯定是没钱花了，否则肯定不见人影，有没有给我带礼物啊？法国好不好玩，他们说法国人格外大胆浪漫，是真的吗？”

江明之懒得理她，直接伸手捏住她的嘴，另一只手掐了掐她的脸，说道："还没到过年杀年猪的时候，别跟机关枪似的。"

他嘴太坏，荏南气得跳脚，但是嘴被捏着，只能一阵呜呜抗议。

"江明之。"一道淡淡的声音从一旁传来。

江庆之下班了，提着公文包站在玄关，脸上没什么表情，一双眼睛在金丝眼镜后看着两人。

江明之见如来回来了，便笑着松了手，还不忘一脸嫌弃地在荏南的袖子上擦了擦捏过她嘴的手。

若是往常，荏南一定要和大哥说二哥欺负她的一概恶行，并且大肆夸张一番，让他好好给她出气。可是，如今她却低了头只用脚踢着楼梯台阶不说话，江明之没等到她告状，挑起眉看了她一眼。

"收拾好，下来吃饭。"江庆之交代了一句，绕过两人先上了楼梯，袖口冰凉的贝母扣擦过荏南裸露的手臂皮肤，却没有多看她一眼。

待他走了，江明之有些玩味地扫了眼一下变成个闷葫芦的荏南，问道："大哥对我从小就这副脸，对你这可是第一回见，你做什么大坏事了？"

荏南瞪了他一眼，这人什么都不懂，还在这儿胡乱说话，她生气地说："我才没有做错事呢！"

荏南又狠狠地踩他一脚，“噔噔噔”跑上楼了，剩下江明之一个人在楼梯上苦笑：“我这是招谁惹谁了？”

晚上吃饭的时候，张妈特意做了一桌好吃的给江明之，这几天他们两个人吃饭都成了“食不言、寝不语”的贯彻者，沉默得很，江明之一回来，荏南的话就开始多起来，尤其她这个二哥最会开她玩笑、惹她生气，荏南便是不想开口也被他气得开口。

江明之看她自己给自己夹了个丸子，笑道：“我这好容易回来了，怎么也得享受一晚国宝待遇吧，给我也夹一个。”

荏南噘着嘴扒饭，说：“我只夹给自己吃的。”

“哟，大哥你看，这哪里还是原来那个乖囡囡，都……”江明之还没说完就被塞了个珍珠丸子堵嘴，江庆之收回筷子，以大哥的口吻训了一句：“好好吃饭。”

三个人也有好一段时间没有坐在一起吃过饭了，江明之喝了一肚子洋墨水，但还是个中国胃，一边说着在欧洲时吃饭有多不习惯，一边将整只虾吃进去嚼嚼，然后将壳完整地吐了出来。

荏南每次见他这绝技都叹服不已，小时候还跟着学，只是她没那个本事，总是弄得有些狼狈，后来稍微大了点就不想在大哥面前做那么难看的样子了，如今看二哥风采如昔，她不禁感慨：“你去了欧洲，吃虾倒越来越熟练了！”

江明之翘了一边嘴角，凑近她问道：“真想知道？”

茌南一看他那副样子就晓得肯定没好话等着自己，故意和他唱反调，说："我才不想知道呢，肯定又是不正经。"

"哪里就不正经，这是很多女孩馈赠给我的礼物，多美妙的一件事。"江明之说得理直气壮，是真正享受与那些姑娘短暂而又甜蜜的缘分，"我的法国女同学还能就这样给樱桃梗打结，你若见识过她的吻，才知道什么叫作真正的热恋。"

江明之说话没个遮掩，茌南听了大笑，皱着鼻子回道："我是女孩子，怎么能见识你法国女同学的热吻，二哥你又拿我开玩笑。"

"女孩子怎么了，女孩子和女孩子自然也能吻的，那才是世界上最美的事。"江明之眯着眼睛，用插了个丸子的筷子指了指茌南，才笑着放进嘴里。

若是以前，茌南定会逃向大哥一边让他帮着出头教训，如今却只能自己被动应战，捂着耳朵不听这些胡言乱语，嘴里念着"不听不听，小狗念经"，逗得江明之拿着筷子就要敲她的头。

那筷子没落到她的头上就被另一双筷子挡了，江庆之从来在这两个活宝间都是判案的阎王，也习惯了两人不像话的样子，只有在闹得厉害的时候才出来主持公道，木着一张脸训两人："都老实点。"

这才算消停下来。

晚饭后，江明之跟着江庆之进了书房，他许久未归，江庆之自然是要过问一二的，茬南想要跟过去，却又拉不下这个脸，只能躲在二楼楼梯转角处，等二人进去关了门，才脱了鞋子提在手上，蹑手蹑脚地跟了过去，小心地将耳朵贴在门上。

江庆之的书房不比其他房间，墙壁全是做过特殊隔音处理的，茬南如此靠近也只能模模糊糊听清几个单词，比如“回来”“欧洲”，还提到了自己的名字，可都含糊得不得了，根本不明白究竟说了什么。

她越听越心急，将耳朵死死地往门缝那里贴去，恨不得如同那德文课上学过的《变形记》那样一下变成甲虫，钻进去听听他们到底在说些什么。

突然，茬南失去了平衡，一下子跌进了门里面，幸好被从里面开门的江明之接住提着胳膊，才没摔跤，却也双膝软了跪坐到地上。

门内两个人同时看着脸上都被门上的花纹压出红印，呆呆望着他们的囡囡，表情是如出一辙的难言。茬南在这目光下低下头来，简直想在这里就地挖个洞把自己埋进去再也不出来了，也不管膝盖擦得疼不疼，噌的一下站起来，飞快转身却撞上半开的门板，“嘭”的好大一声，额头一下子红了。

江明之有些担心，却又实在想捧腹大笑，忍得辛苦。江庆之则冷着脸走上去要掰开她捂着额头的手查看，被茬南一下子躲过，鞋也不要了，跟兔子似的红着眼闷头冲了出去。

“这下完了，本来就笨，再撞一下得笨死。”江明之斜斜靠着门框，看着荏南的两根麻花辫在身后荡来荡去，终于能取笑一番了，转头却看见自家大哥的脸色似乎不太美妙，至少没有他那些法国女同学的吻美妙就是了。

“行了，行了，我闭嘴，行吧。”江明之忘了这尊如来佛还在这里，有点得意忘形，现在只能一脸无奈地认输，也打算趁机遁走，虽说回国了，但江二少爷的夜生活绝不会枯燥。

“你那些朋友明天再会，待会儿先去看看她，这段时间多带她出去玩玩，不许去你的狐朋狗友鬼混的地方。”江庆之说到最后一句的时候，语气一下子严厉了起来。

江明之本打算回国做一条入江蛟龙，却突然摊上这么个任务，一下子露出有些头痛的表情，却在他大哥沉下来的脸色下败下阵来，自暴自弃地说：“好好好，还有什么要交代的？”

江庆之没说话，从柜子里拿了个白色小箱子出来。江明之的眉毛快挑到头顶了，他笑道：“大哥，我知道你紧张囡囡，但也不至于吧，她撞那点伤，睡一觉起来，明天连印子都不一定看得到……”他的声音逐渐消散在江庆之的眼神里，他无奈地接过了那小小的医药箱，转身要走。

“等等。”江庆之叫住他，俯下身来把落在地上的软茸茸的兔毛拖鞋捡起来递给他，“让她穿好。”

于是，江明之只能一手拖鞋一手药箱，认命地去敲茬南的房门。

江明之将东西放在地上，抬手在茬南的房门上敲了半天，毫不意外地没有等来任何回应，半点不急地有规律地一下下扣着门，一短两长一短，两短，两长一短。茬南是学过摩斯密码的，虽然在房间里闷头生着气，可该听的也都听了，一推算，气得一下子拉开门。

“你这个人太坏了！”茬南红着眼睛控诉，不过是被他气红的。

江明之笑眯眯地用一根手指抵着她额头将她轻轻推开，不乏自豪地说：“对呀，你难道今日才知道？”

茬南说不过他，转身就想关门，被江明之一只脚抵进门缝，只好放弃任由他进门，自己气呼呼地坐到沙发上，背过身不看这个坏二哥。

“哟，我还以为你长大了呢，没想到还是这么幼稚哦，行了，二哥错了，跟你道歉，好吗？求求江家小小姐回头看看她可怜的二哥一眼吧。”江明之的嘴气人厉害，哄人也是厉害得很，他丝毫没有一点不好意思。

茬南明知他是故意的，还是忍不住中计回头顶嘴：“你才幼稚呢，二哥最最最最幼稚了，二哥才是最最最最最最最幼稚的人！”

江明之被这小囡逗得不行，就这掐着字数论谁最幼稚的样子还有嘴说他呢，他扯着她背后的麻花辫把她给揪了过来，哄道："行了，让二哥看看脑袋撞坏没有，真撞坏了，咱们家都该心疼死了。"他说到最后一句还十分做作地揪住心口，一副担心得不得了的样子。

荏南虽然知道二哥是装的，但还是被他逗笑了。江明之抓了个正着，拍了拍荏南的头顶，笑着说："看你这活蹦乱跳的，估计也没什么事，用涂点药吗？"

荏南虽然爱撒娇，但并不是真正娇气的人，这点伤也不想弄得满头药味，连忙说不用了。江明之本来就觉得夸张，自然随她，但是无奈上面有如来佛压着，还是点卯一样仔细看了下她的额头。

他手指点了点荏南光洁的额头，她瑟缩了下却咬着唇没有叫出声，他问道："疼吗？知道疼，下次就别偷偷摸摸的了，直接跟大哥说你也想听不就行了，何苦受这罪。"

荏南撞成这样没想哭，听了这话眼睛却有点酸疼，哪里还能像以前那样黏在大哥身边。

江明之看着她红了的眼眶，有些好笑地戳了戳她嫩嘟嘟的脸蛋，说道："大哥最疼的就是你了，在他那里我排第一你排第二，你怕什么啊？"

这话明显就是逗荏南的，她的眼睛红红的，还不忘反驳："我才是排第一的。"

“你都知道是你排第一的，那还闹什么？”江明之悠哉游哉地将她一军。

“我不是闹……二哥，你才不懂呢。”荏南小声说着，带了一点说不清道不明的哀愁，那层哀愁像薄雾一样覆在她的眼睛里，让她看起来不再像个小姑娘，而是一个初长成的女人。

“我是不懂，我这个不懂的人只是代人尽责来送东西的，如今人也问了，头也看了，估摸着你也只能这么傻，变不了更傻了，那你二哥出门寻些乐子去了。”江明之惯是爱看热闹却不想惹祸上身的，戏看够了便打算走了。

荏南抓住他的手腕，急切地问：“是……是大哥让你来的？”

“是……是大哥让我来的啊。”

他挑着眉学荏南结巴，然后笑着又拍了拍她的头，说：“别闹脾气了，记得把鞋穿上，二哥走啦，不许去告状。”他说完便出去了，海阔任鱼跃，他要是能老实待在家里枯坐一晚上，江字就倒过来写。

不过，等江明之下楼碰到守在大厅里的江庆之，今晚他的“江”字看来只能倒过来写了，好在正写倒写于他也没什么大碍。

“大哥，任务都完成了，何苦拘着我？”江明之知道今晚想再溜出去的概率微乎其微了，可他实在觉得这两人闹别扭的样子十分有趣，因此连这如来也敢打趣。

“她情绪怎么样？”江庆之丝毫不关心他的问题，等在这里也只是为了问这一句。

“大哥要是真着急，就自己上去看看呗，你要想听我说的话，这回不是囡囡骗人作怪，是真成了个小可怜，眼睛跟那兔子似的。”他慢悠悠地说着，想从自己这个向来沉稳的大哥脸上看出点端倪来。

江庆之却连一点回应都没有，只是默默地看着指间香烟燃烧。

一只水晶烟灰缸凑了过来，江明之站在身侧，挑着眉毛，笑着说：“大哥，烟灰要落了。”

上好的烟丝从头燃到尾，却全被浪费了，一口都没抽过，一点明暗在指尖闪烁，堆起的烟灰已经不短，却无人弹落，马上便要烫到手。

江庆之抬头扫了一眼笑得一脸纯良的弟弟，那招人的桃花眼中毫不遮掩地闪烁着唯恐天下不乱的光芒，抬手将烟摁灭在他托着的烟灰缸里，碾了几下，用带着烟草余韵的手指扶了扶眼镜，说：“滚吧，你。”

江二少爷终于如愿以偿地噙着坏笑滚了，一夜都没回来。

第六章 要你平安

ren nan

江明之回来了，自然也是要跟着一起进社交场的，也有不少人等着借这个机会与江家联络关系。

江家堂亲的一位老爷子过寿，正碰上他们家注资的轮渡马上就要第一次下水了，为了讨个好彩头，便打算一起办个热闹的宴会，江家三兄妹自然是要一同去的。

席上，长辈惯例爱打趣小辈，江明之和荏南是马上要订婚的未婚夫妇，更少不了被人各种盘问。

“庆之啊，你看你们家囡囡现在长得老漂亮啦，肯定有好多人追的呀，哎呀，我跟你说，这个肥水真的不要流外人田。囡囡啊，要不是看在明之的面子上，大妈妈真的想把你抢过来做自己的新妇。”堂叔母一边拉着荏南的手，一边慈爱地看着两人，这话倒不能说不是真心的，毕竟荏南和江家关系如此亲近，谁要是能娶了荏南，那便是稳稳握住了本家的支持。

刚收养茬南的时候，亲戚们都不当回事，觉得无非是江家家大业大，多双筷子就当还恩了。可几年下来，江庆之这个江家家长的态度十分明显，是真的把茬南当作心尖尖疼。

茬南得了肺炎，当时家里的亲戚刚去看护了一天，便被客客气气地请回来了。江庆之正在生意上的关键时候，居然就这么家里公司两头熬着，自己一个人看护，从那以后风向就变了。

茬南感觉堂叔母热热的掌心贴着自己的手背，有些难受，可却不能抽出来，下意识地往江庆之那边靠了靠。

她不太喜欢这个堂叔母，虽然对方对她也不坏，小时候生病还来照顾过她，但是她昏昏沉沉的时候听见堂叔母和妯娌说话，一个说：“好可怜啊，小小年纪死爹死妈的，真是命差。”另一个接：“是可怜，可现在能在江家做大小姐，不也是福分吗？”

茬南当时年纪小，听不太懂这些话是什么意思，可还是有些被那话中高高在上的怜悯和施舍所刺，装作昏睡靠向床里侧，手里紧紧抱着自己的熊娃娃。晚上大哥下班回来，茬南装作一副病马上就好了的健康样子，却被他摸到熊娃娃耳朵上的一点濡湿。

自那天后，她就没见过那两个亲戚了，反而是大哥天天很早便下班，每夜都守着她。

茬南对江庆之的信任和依赖是多少个日日夜夜铸出来的，几乎入了骨髓。这些人虽然是亲戚，但是对她来说还是外人，在家里时她还撑着，到了外面，多年的习惯又跑了出来，她转向大哥的动作几乎是下意识的。

茬南单薄的肩头刚刚触上他暗色的西装，还没感受到一丝暖意，她便清醒过来想要离开，却感觉到一只更热的手覆上自己另一边的肩头。

茬南侧首，看见这些日子里总和她保持着距离的大哥，他伸手将她半揽到怀里，脸上挂着极淡的笑，替她回道："劳您关心了，茬南还小。"他这么一用力，茬南的手便十分自然地从堂叔母的掌中收了回来。

茬南将目光收了回来，挂着得体的笑容，称职地扮演着江家小小姐的角色，可大哥掌心的温热总是透过她薄薄的蕾丝白裙烙进她肩膀的皮肤里，她的心脏跳得有点快，总担心被谁发现。

江明之似乎丝毫没觉得有什么不妥，伸出手，笑着说："那要多谢堂叔母替我操心了，囡囡，和二哥跳支舞去？"茬南有些舍不得那体温，可还是将手放上了二哥的掌心。

那只温暖的手没有收回，只是默默地让他的小姑娘一点点远离自己的可触之地，她肩头的白蕾丝擦过掌心，有一丝丝刺感，从手掌滑到指尖，终于完全离开了。

佳人入场，众人都在祝福他们，看上去真是再光鲜亮丽、天造地设不过的一对了。

莅南随着悠扬的提琴声纷飞着舞步，一步也没有踏错，江明之搂着她的腰，笑着夸赞：“不踩人了？我都做好了牺牲的准备，没想到你有进步。”

莅南没有被激怒，也没有接他的话，只是低头一步步踩着舞步，仿佛那是世界上最重要的事情，过了一会儿，闷闷的声音从底下传来：“二哥，你喜欢过谁吗？”

江明之丝毫没有被这个问题打乱，轻轻歪头，状似郑重地思考了一下，然后说：“当然，还很多呢。”

莅南是真心问他的，却换来这种答案，不由得轻斥道：“不正经。”

“如何不正经，这可是我的真心话。”江明之天生的笑眼弯着，眼尾轻挑，一派浪荡风流。

“人的心又不是那包子馒头，如何能轻易掰成这么多瓣分给这么多人，这哪里是你的真心话？”莅南直视着他，话里带着一抹愁绪。

“那是你看多了童话，把爱情当作了永久的钻石，可对我来说，爱情也许是碳元素构成的，不过只是那没有进化完全的碳，只有燃烧的时候，才有炫丽的光芒，燃尽了，便该换掉了，不是吗？”江明之说这话时，眼里仍是一派笑意，可语气并不戏谑。

“二哥，你便是这样，你的罗曼史才会不得善终。”莅南禁不住想要刺刺他。

“为何要个善终，短暂的快乐也是快乐，肤浅的快乐更是快乐，只要快乐便好了，你何苦去管它从哪里来，要去何方呢？”江明之在璀璨的水晶灯下绽放出极迷人的笑容，身旁滑过的女子裙摆都飞到了他的膝盖上，他照例抛去一个眼神，引得那还在和别人共舞的女子低头直笑，却没有听见他口中吐出的这些稍带冷漠的话。

江庆之在舞池外，与围绕他的众人礼貌地寒暄着，他们围得太紧，舞池里那柔白的裙摆是如何纷飞的，他完全看不见。

长辈想趁这个机会介绍些女孩子同他一起跳舞，江庆之干脆借抽烟去了阳台。

今夜，他的囡囡已经有人陪她一起跳舞，这便足够了，而他不打算和任何人共舞。

万一囡囡伤心呢。

夜晚的露台上静悄悄的，只有从玻璃窗上透出的光打在他身上，烟灰落在暗色的皮鞋旁，越积越多，手腕上的袖扣被解开了，今日不是上班没有戴袖箍，袖子便被胡乱地挽了上去，弯折的袖口露出手臂的筋骨，在沉沉夜色中随着动作隐现。

然而，江庆之没清净一会儿，便有不少人找到了他的藏身之所，第一个便是今日的主人家，江庆之的堂哥江兴之。

他绕了几句，无非是为了让江庆之帮忙多关照几分，江庆之今日既是座上宾，自然会给这个面子。

目的达成后，江兴之便放松下来和江庆之联络联络，也想从这个身处高位、万事灵通的堂弟这里套点消息。

“庆之啊，你别怪哥哥多嘴，实在是这世道艰难，前有狼后有虎的，我们这些生意人确实难做。这不，前段时间北方罢工阵势那个大啊，听说南边也人心惶惶的，我们这生意可怎么做啊？”江兴之一个劲地吐着苦水，实际上只是想从江庆之那里讨个保证。

“这世上本来就没有毫无风险的生意。”帮忙招呼便算了，事涉时局，江庆之不会多说一句。

“唉，如今这人心也乱了，不过是想好好做生意，上面欺压，下面捣乱。”江兴之也知道这个堂弟一向谨慎，便也偃旗息鼓。

“捣乱吗？”江庆之吸了口烟吞进肺里，又缓缓吐出来，面容掩在缥缈烟气中。

这世道，人人都不过求生而已。

但这话，江庆之这个位置的人自然不会说出口。

那之后，江明之贯彻他大哥的意思，一有空便会将茌南带出去玩，她提过的办诗会的跑马场、新开的百货公司、新月派诗人的沙龙，全去了个遍。

江明之爱玩又会玩，有才情、有相貌、有家室，正是社交场上最受欢迎的公子哥。如今他带着这么个妹妹晃了一圈，大家就知道是什么意思了，江二少爷怕是要修身养性、改邪归正了，不知震碎多少少女的芳心。

两个当事人却浑浑不知所觉，江明之倒是察觉到桃花似乎有了阻碍，可他一向是个万事不挂心的，只要玩得开心，也不一定非要和女孩子亲亲热热，好容易找到荏南这个令箭能够光明正大地出去玩，便照样和荏南嘻嘻哈哈下去。

江家二少爷去哪里，家里一向是不太管的，可江家小小姐的一举一动第二天都会传到江庆之的案头上。

于是，这段时间办公室的同事们除了忍受日益炎热的酷暑，还承受了很多不必要的压力与艰辛。

夏日的蝉越鸣越长了，在这样的暑夜中，七夕近了。

荏南尽管和二哥玩得开心，可心里却想和大哥一起过七夕，她不敢自己去说，便悄摸地暗示她二哥帮她去说，江明之是个多机敏的人，她刚开口便被察觉了意图，他还反过来戏弄她。

“你想让我和大哥说什么？”他偏要荏南明明白白地说出来。

荏南低着头，鞋子一下下踢着木质地板的凹痕，说：“我没让你和大哥说什么啊，我只是想，二哥的生活费不是不够吗，咱们在外边野了这么多天，用的全是二哥的小金库里的钱，这七夕庙会，花钱的地方肯定很多呀，你可以问大哥多要一点钱，这样我们不就能玩得更开心了吗？”最好让大哥直接一起来。

江明之左眉轻挑，意味深长地说：“哦，这样啊，放心吧，你二哥的私库虽然不算太丰厚，但供你个小猪吃吃喝喝还是没问题的，就不用去问大哥了。”平日里从未见过的兄长风范，今日大派送。

荏南急得想跳脚，可又怕二哥真的不管，又是倒茶又是捶背，就是忸忸怩怩不说，也不让他走。

可惜，她没做过这种伺候人的活计，江明之被滚茶烫了舌头，又被捶个半死之后，发觉自己是在自找苦吃，连忙叫停：“行了行了，快别来戕害你可怜的二哥了，放心，我一定会拉上可怜的大哥给我做垫背的，你可快停手吧。”

这下荏南高兴了，暗暗笑了一下，又狠狠捶了他一拳，说：“你活该！”她立刻转身溜了，生怕二哥拽住她的辫子又欺负她。

夏夜韶华，暑气蒸腾如梦，圆月犹挂天边，灯影碎碎打在潺潺水面上，被灯舫荡漾开的涟漪短暂拂动着，又恢复平静，只留下一纹影。

未落的夕阳在少女娇嫩的脸庞上妆成一抹胭脂红，将这些等着与人相会的姑娘藏在心间的羞怯全勾了出来，被嘈杂的人声托起，和着柔絮的风飘向那湖心，荡在疏疏密密的灯影间，泛出薄淡的暗香。

一只手托起一盏兔儿灯，微微火光摇曳在薄纸灯笼里，和它的主人一样天真而脆弱，总担心下一秒便会被撞灭。然而，荏南在这人群中并不是孤独的，身后跟着两个高大的男人，替她把所有可能的冲撞全部挡在身外。

荏南一路走，便一路买了过去，刚炸好的麻球、一瓶冰汽水、草扎的蟋蟀、镶了水晶的手镜。小小一串茉莉手串在她腕上荡着，散发出的清香被晚风送到身后，依依缠缠地替主人绕着她的心上人。

荏南将东西全挂在她二哥身上，自己只提了一盏兔儿灯轻快地走在前面，当她再一次要买苹果糖的时候，终于遭到了来自二哥的抗议。

“你瞧瞧我这一身都挂了些什么东西，不许买了，年猪也不是这么养膘的，这离过年还远着呢。”江明之一本正经地训她，荏南手里还拿着苹果糖，闻言就要去打她二哥，可两只手都被占满了，委屈得很。

江庆之一只手接过了她举在半空的苹果糖，另一只手按在气得跺脚的她头上，将她按了下去。江庆之扫了一眼，两个人就都消停了，荏南转过身嘟着嘴往前走。

苹果糖被咬出个小巧的牙印，红亮亮的糖衣反射着斑斓的光，被他握在手上，一路未放。

茬南生气了，仗着个子小，一个人在前面乱钻乱跑，等她终于回头，却发现自己不知道钻进了哪个街角小弄，周围人头攒动却看不见认识的身影，她有些着急地踮脚，可她还是太小了，隔着重重人影，隔着斑斓灯影，看不见她这一晚上都挂在心上的那个人。

茬南在人墙中往回走，可逆着人流，走得跌跌撞撞，猛地被人推了一下，兔儿灯落在地上，柔软的灯架一下子被踩坏了，雪白的灯笼纸被印上了污泥，她想要去捡，可刚弯下腰便被人群撞得跌倒在地。茬南不顾腿上的擦伤，只顾着伸手去护她的兔儿灯，仿佛只要护住了她的兔儿灯，这个夜晚就还能够圆满。

熙熙攘攘中，她半伸出的手摇摇晃晃，下一刻便要跌到地上，却被一只手一下捉住，弯着的腰被圈了起来，整个人被提到半空中。

茬南回头，看见一双藏着怒意的眼眸在镜片后灼灼闪动怒火，还来不及说任何话，便被大哥抱在怀里往前快步走。

她该担心的，该慌乱的，该乖乖道歉的，可只觉得多日里仿佛被镇在深井里的心脏在这繁杂吵闹的人声中重新开出了一朵花，她都能听见那花瓣绽放的声音，和紧靠着她的大哥胸膛里传来的震动合为一体，让她心底酸软地揪紧了他的衬衫。

江庆之就这么抱着她，茬南在微微颠簸中悄悄将手环在他的脖子上，圈成小小一圈，脸颊靠在大哥的肩骨上，她的脸颊那么嫩，衬衫的肩线磨在上面有些疼，她却更深地向他的肩窝靠去，连这疼也是给她的欢喜。

直到离人群远了些，江庆之才放下她，她却大着胆子环住他的脖颈不放，整个人依依地挂在他身上。江庆之的手按上她肩膀打算拉开，可他的囡囡是那么单薄，连肩胛骨都只有伶仃一点，还在发着颤。

江庆之在暗夜中无声地叹了口气，终于还是松开了钳住她的手，抬起来摸了摸她靠在自己肩窝的毛茸茸的头顶，忍着性子说："不许到处乱跑了，绝对不允许。"说到后来，他几乎抱得她有些痛。

荏南这才抬起头来，看见大哥的下颌线绷紧，她的眼神落在他环着自己的那只手上，还拿着她的苹果糖。

苹果糖被她咬过一口，可现在那个牙印比她的要大得多。

荏南挣扎了起来，江庆之凝住了，还是将她放了下来，小小的脚尖触了地，她背后是一片灯火阑珊，远处的柳梢上微耀着一抹波光，柔柔地拂在这温良的夜里，和煦的风穿过杨柳枝的乱鬓，吹动她的额发，逆着光，毛茸茸地挠在他心上。

小小的手覆在他还握着苹果糖的手掌上，荏南踮起脚尖，直视着大哥的眼睛，一点也没有退缩，就这么轻轻地印上他的唇角。

远处有载满游客的邮轮的汽笛声传来；再近些有歌女玩

乐的艇子，细声软语依稀可闻；岸上还有叫卖声，叮叮当当的小锣随着卖货郎一路走远，酝酿出一片旖旎好风光。

这一切仿佛沉在水底，一切声音都隔着一汪潭水，满城的喧嚣动荡都只为了这一刻的寂静，灯火印出来的只有两个人紧紧相贴的影子。

茬南的脚跟再次落了回去，她毫无畏惧地看着大哥，眼睛里没有一丝退缩，她在大哥的嘴角尝到了甜甜的苹果糖的滋味，那点甜渗进她的心里，让她变成鼓足了风的风筝，心甘情愿地剪断了束缚的线。

也许是这良夜太过蛊惑人心，也许是心底的苦闷酿成了苦酒，也许不需要任何借口，今宵此地，便是全部理由。

江庆之将他的囡囡抓了回去，狠狠地拥抱住她，吻了一下她的额头。

茬南将自己的一颗心毫无保留地交托给他，什么都不管了，只剩欢喜。

“嘭。”

茬南脸上一热，她睁开了眼，睫毛却滴进一滴红。

在一片血色中，环着茬南的那只手松了开来，江庆之倒在她身上，压得两人一起往下滑去。

远处又是一声枪响，还伴着尖叫，江庆之用身子盖住她，伏在地上。茬南剧烈地颤抖起来，眼中全是江庆之肩头被贯穿的血洞，深红色迅速晕染在本来洁白的衬衫上，一会儿便将她的裙子都染红了。

一只手遮住她染了血的眼睛。

“别看，不会有事。”江庆之声音中的喘息和痛苦被压抑到极点。

那个被咬了两口的苹果糖滚落到地上，沾了一地的尘埃，随即被纷至沓来的脚步踩烂了。

第二天的报纸头条都是一样的，富商江庆之遭刺杀，目前伤情不明。

当夜，手术室的门封了近三个小时，一批批的大人物都来过了。江明之强打着精神应对他们，没有丝毫失礼，反而不露痕迹地打量着各人的神色，待终于送走那些人，他才走到蹲在角落里的荏南面前，也蹲了下去，柔声对她说：“囡囡，先起来洗个脸换个衣服吧，张妈已经送过来了。”

荏南的衣服上是大片大片的血痕，脸上还溅着血迹，已经变成了黑红色。

荏南的眼睛却没有焦点，只是固执地望着紧闭的手术室门，脸上什么表情都没有。

江明之叹了口气，将自己的西装外套披在她身上，掏出手帕想要擦干净她脸上的血，可已经凝固了，怎么都擦不掉，见她的脸都被擦红了，他打算收回手，却被她一下扣住了手腕，握得死紧，手心一片冰凉。

“是我，对不对？如果不是我乱跑，大哥就不会中枪。堂叔母她们没说错，我的命太差，连大哥都被我害了。”荏南终于看向他，右瞳里还残存着溅进去的血色，看起来凄厉非常。

江明之脸上从来挂着的漫不经心此刻全不见了，他皱了皱眉毛，狠狠地打了下荏南的头，教训道：“说什么胡话，若要把罪怪在你这么个小孩身上，那些安保就干脆抹脖子去吧。”他又缓了口气，劝道，“对方是职业杀手，你在不在都一样，总能被钻到空子的，难道你以为你跑了，大哥的安保也都跟着不翼而飞了？不过是意外，你跑不跑，这意外都可能发生。”

这话的真假虚实，荏南探不清楚，也不想想这些了，又将眼光投向手术室。江明之的精神也绷到了极限，他跟着坐了下来，靠在墙上，一同望着仍然紧闭着的门。

不知过了多久，手术室的门终于打开了，满目疲惫的医生走了出来，两人一下子围了上去，医生一看便连忙开口：“已经没事了，很幸运，他是贯穿伤，子弹没有留在体内，而且也没有伤到主动脉，子弹碎片全部取出。虽然出血比较多，但是目前情况已经稳定下来了，之后好好休养，应该不会有问题的。”

这位德国医生是全上海最好的外科医生，用中文夹杂着德语单词磕磕绊绊地说着，江明之听了总算觉得狂跳的心脏第一次落了回去，转眼却看到茬南撕心裂肺地哭了出来。

事情发生后，茬南一滴眼泪也没掉过，只顾着帮他一起送大哥去医院。此刻，她终于再也压抑不住，脸上全是泪痕，泪珠从眼中涌出来，眼睛里的血色浓得吓人，声音带着点凄厉，几乎要喘不过气来，一下子瘫坐在地上。

江明之去扶她，可茬南哭得太厉害，江明之简直怀疑她下一秒就要把心脏从喉咙里和着血吐出来，只能和她一同坐在地上，轻轻拍着她的背。

江庆之所在的加护病房被层层把守，江明之做主让人将急匆匆来探望的亲朋好友全拦在了外面，病房里只有他和茬南守着。

茬南大概是吓坏了，搬了个凳子就直挺挺地坐在病床前，眼睛都不眨一下地看着还在昏迷的江庆之。连医生和护士进来，她都跟匹小狼似的警惕地盯着别人，稍微有些动作她就仿佛随时要弹起来一样。

江明之根本不费那个劲去劝她休息，自己在沙发上歪了一会儿，若是这小祖宗也撑不住病了，至少他还能照顾他们俩。

晨曦将将洒下一片散漫的薄光时，江庆之终于醒了过来，刚睁开眼看到的便是床边的囡囡，连鼻头都是红的。

茬南的眼里有一点银光闪动，她却没让它落下，只是低下头藏起来，将额头贴着江庆之放在床沿的那只手，如一只小兽一样颤抖起来。

江庆之叹了口气，感觉灼热的眼泪打在他的手背上，也在他的心里烫了个洞。

他有些费力地抽出手，茬南僵了一下，不敢抬头，却突然感觉那只手温柔地摸了摸自己的头，停在那里，一下下耐心地抚摸着她柔软的发顶，她的眼泪涌得更厉害了。

这次大概是真的吓到了茬南，头几天江庆之每次从麻醉中清醒过来，无论什么时间，都能看到茬南悄悄地注视着他，她也变得异常沉默。

江庆之稍稍换了下卧姿，茬南立刻一脸紧张地看过来，当他抬眼看过去时，她又低下头装作若无其事的样子，配上那红眼睛，跟兔子似的，江庆之简直都能看出她不时警觉地竖起耳朵又垂下去的样子。

茬南是江庆之养大的，他哪里会猜不到是怎么回事，却也没有多说什么开导她，反而各种指使茬南，让她在医院和家里两头跑，帮他拿各种东西、办各种事情。

茬南借着回家的机会，偷偷摸摸地进了厨房，想要替大哥熬点汤，但对火候实在不熟悉，又没用那耐烧的瓦罐，把锅子全烧煳了，张妈痛心疾首地想来帮忙，却被茬南拒绝了，按着指导又做了几次，才带去医院给大哥。

江庆之只喝了一口就知道这汤是谁做的，盐放得多了些，肉炖得有些硬了，没有用纸吸过表面的浮沫和油分。他不动声色地抬抬眼，就看见荏南又在用自以为不会被发现的眼神怯怯地偷看他。

江庆之一口一口把汤喝了，让她又盛了一碗，喝完了也没说什么，神色一如往常，指了文件让她帮忙念，自己则半躺着休息。

午后，白云散漫地布在青空里，镶着一圈金边，灼热的太阳光透过晶透的玻璃窗将空气中的微尘都照得纤毫毕现，房间里呼呼吹着冷气，一片清凉，还带着点稚嫩的声音在念着十分严肃的内容。

江庆之在这轻柔的声音中睡去，荏南念了一会儿，见大哥渐渐合上了眼，也放轻了声音，将文件放在一边，支着脑袋趴在床沿上看着大哥的睡颜。她就这么一直盯着江庆之随着呼吸微微起伏的胸膛，这起伏给了她很多的安全感，大哥还在这里，不会死的。在平稳的呼吸声中，荏南终于慢慢睡着了。

过了一会儿，江庆之才睁开了眼，他知道荏南钻了牛角尖，一时半会儿劝也劝不动，所以干脆什么都没说，只是让她各种奔波，累坏了就没空想别的，累坏了也就能睡着了。

江庆之放在床沿的手离荏南只有一寸，她柔柔的呼吸像湖心荡漾的水草一样缠绕在他的指尖，蓬松的碎发支在头上，被阳光照出些光晕。江庆之抬起手，却停在那儿，任由发丝挠着自己的掌心，过了一会儿，轻轻地摸了摸她的头。

接下来这段时间，荏南几乎住在了医院，可她力气小，有些事情也不方便她来帮忙，所以大部分活还是交给了江明之。江明之赶她也赶不走，多说几句大哥还要教训他，他真是觉得苦不堪言，如果不是因为是自己的亲大哥，他早就撂下不干了。

江庆之毕竟身体一向很好，恢复得非常快，半个月后就出院回家疗养，由家庭医生负责后续的治疗。

江明之连轴转了半个月，如今大哥总算平安无事，便出去大喝了一场，深夜才归，却看见书房的灯还亮着，象征性地敲了两下门，也没等回应便推门进去，果然看见江庆之还在处理工作上的事情。

他斜靠在门上，有些叹服："公司离了你便不转了吗？歇几日吧，我的哥哥，小心我和荏南告状。"向幺妹告状这话，江明之也说得理直气壮，他不得不说是的本事。

"你小点声。"江庆之连眼风都懒得给他一个。

"怎么，你也知道怕吵醒荏南啊？我看这全家也就她治得了你。"江明之随手关了门，进去坐在书桌旁的椅子上。

"我知道轻重。"江庆之回了一句，又问道，"你何时走？"

“怎么，当时火急火燎地把我叫回来，如今又急着赶我走啦？看来还真是远香近臭。”江明之说着玩笑话，随即正经了些，说道，“你的伤还没好，之后又是荏南的生日，我自然要多待一段时间。”

“生日过后便走吧。”说完这句，江庆之诡异地沉默了一会儿，终于开口，“带着荏南一起走。”

一时间无声，江明之正襟危坐，一双桃花眼里不见半点笑意，说道：“你决定了？”

“从未变过。”江庆之的表情没有丝毫波动，笔下未停，只是笔尖划过的薄软纸面微微皱了起来。

江明之久久没有说话，半靠在椅背上手扶着额头，抬头看了眼江庆之，问道：“大哥，你便打算一直这么下去？”

没等到江庆之的回应，江明之便带了三分讽意笑道：“明明是个痴情种子，却偏偏有英雄病，害人害己。”

江明之起身往外走，中途又停下，侧首对江庆之说：“大哥，你是我唯一的同胞手足，我为人自私，总是希望你能过得顺心些，便是只顾自己，又算什么罪过呢？”

江明之说完便径直走了，将一室光明关上，刚要抬步却发现角落里蹲了个人，他看着黑暗中的那双眼睛，竖起一指抵在唇上，轻轻嘘了一声，握住她的手臂将她提起来。

等进了房间，江明之摸了支烟叼在嘴里没抽，把有些散了的发随手梳到脑后，才看了眼站在一边的荏南，说：“我还以为你肯定哭得稀里哗啦的。”

荏南的脸色倒很平静，甚至是淡漠，她说道：“哭有什么用？”

江明之笑了，转向荏南，说：“不错啊，二哥之前还以为你真是个乖囡呢。”他将濡湿了一点的烟嘴夹在手指上，继续说，“你也看到了，他是个铁石心肠，你要是还想要，二哥就帮你，你要是不想要了，二哥就带你走。”

荏南抬头，直视他永远凝着三分笑的眼睛，说了两个字：“想要。”

“成了。”江明之揉了揉她的头就往外走。

“二哥，你为什么帮我？”荏南追问，虽然天真，但是也知道这个二哥不是那乱发善心、爱管闲事的。

“因为你二哥也没安什么好心，想把你推进火坑也说不定，你自己想好，不后悔就行。”江明之笑眼迤逦，远远望着似一团繁花，近看却有一丝冷意。

“我不会后悔的。”

江庆之自从伤势好转之后便开始在家里办公，日日泡在书房里批文件，江明之劝都懒得多劝一句，自己趁着大哥无法管束的这段日子自在逍遥去了。

夏季多雨，江庆之看着书房暗了下来，发觉刚刚还是艳阳天，如今已阴云满布，一会儿豆大的雨滴打在窗上噼啪作响。

今日，荏南学校为了开学后的合唱有排练，她应该还没回来，江庆之盯着窗外的雨立了一会儿，下意识地摸了根烟出来，打火时肩上传来的刺痛提醒他这行为有多不恰当，可他还是抽了，吞云吐雾。

看了一会儿，雨还是没停，江庆之摁灭了烟，起身打算往外走，开了门却看见门口站了只淋湿的小猫。

荏南的头发乌沉沉的，额发粘在眉上，身上穿的白棉衫沾了水，水痕斑驳成一块块，湿哒哒地贴在身上，似紧却松地拢出袅袅身形，黑色棉裙还在滴滴答答，一会儿便在脚边落了一圈水。

江庆之张口打算叫张嫂，荏南先发制人拿出藏在背后的毛巾，糯糯地说："大哥，帮我擦一下。"

江庆之透过眼镜打量着她，看着她还在滴水的裙子，火一下子便有点压不住，将毛巾"啪"地罩在她头上，胡乱揉了一通，等到荏南痛呼出声，才放了手转身离开。

荏南从大毛巾下露出一双圆溜溜的眼睛，看着大哥坐在椅子上又开始抽起了烟，她默默地将头上的毛巾扯下，任由它落在地上，将门在背后关上，悄无声息地扭了下。

她往前走去，本来就只穿了白袜，一边走一边踩住另一只脚尖，一用力那只白袜子便被半扯落下来，卡在脚腕上，露出白软纤细的小腿。

那双细白的腿走到椅子前才停下，膝盖轻轻摩擦着支在椅子前的西裤褶皱，微微用力便分开了包裹在西裤里的长腿，小小的、泛粉的膝盖抵在了两腿之间，将椅子的皮面压得微微凹陷出痕。

江庆之沉默地看着身上的女孩，她逐渐靠了过来，辫子上的一滴水落到了他的衬衫上，酝出一点深色的湿痕。他伸手扣住茬南一只手腕抵住她，却被她反过来握住了。茬南举起他的手，让指尖滑过他的眉眼、鼻尖、脸颊，侧首吻了吻他的掌心，目光依依看向他。

她轻软得像一团梦，江庆之只觉得像握着一朵云，多用力一分，便要散了。轻轻的吻拂过，如春天的柳絮落进水里，明明了无痕迹，却在内里掀起微澜。

江庆之不是没有想过收回手，可不知道为什么囡囡那么轻柔的力气却禁锢住了他。茬南往前倾了倾，在他唇上落下一个吻，清澈的眸子对上他藏在镜片后的双眼，她说："大哥，你吻过我，我记得的。"他们的唇只隔着不到一毫的距离，每一个字便成了一个吻。

茬南见大哥的眼神平静无波，可喉结却轻轻滑动了一下，露出了笑，膝盖轻抬，说："大哥，我不是你的妹妹，我知道，你也知道的。"

"回房去吧。"江庆之只说了这么一句话。

"为什么？"

荏南的眼睛红了，只盯着他，想看看他的心是什么做的，为什么对囡囡这么好，对她这么坏。

最终她却只咬着下唇忍住眼泪，荡出一个笑，俯到江庆之的胸膛轻轻软软地靠着。

“我就是这么坏，你把我关进房里，我也会想着你。”

她明明靠着他的胸膛，嘴里说着不服输的话，他的衬衫却染上一点小小的湿痕。

“囡囡，别为难自己。”如果要恨，就光明正大地恨他。

荏南眼里还闪着泪光，却愤怒地牵起他的手，放到自己的额头上，说：“这里只有你碰过，你用手指摸过，这里只有你的印记，你还是要将我嫁给二哥吗？为什么？告诉我，否则我绝不会接受！”

江庆之被逼到了极点，已经没了一切可以遮掩的借口，他的面具终于裂开了，用低哑的声音说：“因为我要你平平安安地过这一生！”

荏南愣愣地松了手，隔开一点距离，消化着这句话。

那些她幼时就偶尔会出现在家中的人；深夜她睡不着进书房去找他时，那些被他若无其事地扣放在桌面上的文件；二哥笑着说也许是推你进火坑时眼里的冷漠；那些从小到大被她忽略或者被刻意隐藏起来的事，如今仿佛被一条丝线串联了起来。

“不能不做吗？”她颤抖着唇，咬着牙问道。

又孩子气了，到了这地步，怎么能不做，如何能不做？到了他这个位置，对两边来说都不是一句“不做”便能轻易打发得了的。

茌南再天真，也不会不明白这一点。她只是在绝望下的试探，大大的眼睛头一次完全失了光彩，只剩下一点执拗燃成最后一丝希望的火光。她自己也不知道答案是什么，前路又在哪里。

江庆之坐在皮椅上，面容隐在逆光的黑暗中，手指摩挲着永远贴在身上的那块硬铁，自从 20 岁开始，他便再也没有离过它了，连睡梦中也没有，早已习惯这块冰冷的金属贴在身上的感觉了，永远都熨不热，硌在心口。

往常，他总会多看几眼茌南，只要囡囡笑了，那重压就会轻上几分。如今，他要送他的囡囡走了，可只要想着茌南会过得平安喜乐，这重压就没那么难以承受。

寂静在两人间发酵，茌南低着头，水滴滴答答地落在地板上，她抬头。

“那大哥你爱我吗？”

声音里是掩不住的凄苦。

怎么不爱呢？

他看着一个扎着珠环的小姑娘来到江家，看着她拽住自己的衣角怯怯地叫出第一声大哥，看着她见到自己买回来的牛乳蛋糕笑得像只小猫，看着她不会做算术作业抓耳挠腮的活猕样，看着她初潮时扑进自己怀里流下惊惶的泪水，看着她长成动人的少女。

他执过她的手写过字，为她的试卷签过字，她的第一套洋服是他送的，她第一次用的生理用品是他准备的。

荏南在他的生命中占了太大的分量，除了母亲，没有一个女人能稍堪匹敌。

可他对荏南并不只是家人的爱护，而是对一个女人的心动和占有。

当长大的荏南牵着他的尾指轻轻摇晃，当她每次为和明之的婚约暗自伤心，当她每次扑进他怀里非要他推开才肯站好，当她装作撒娇吻过他的侧脸，当她哭过的眼睛对他绽放笑意。

他都爱她。

从很久以前，他就爱着他的囡囡。

可那又能怎么样呢？

爱不过是最浅薄的东西，是她漫长生命中初始的一段插曲，是她老了以后会笑着和孙女说的玩笑。

没有什么比生命更宝贵，爱也不能。

他要他的荏南平平安安、子孙满堂，拥有最平庸的幸福就好，也许会和丈夫拌嘴，也许会为生活的鸡毛琐碎烦扰，也许会在事业上碰到不大不小的困难。

只要他在这世上一日，就能庇护她一日，不受颠沛流离之苦，不会无枝可依，哪怕他永远只是她的大哥。

江庆之连自己能活到哪日都不知道，这样的千难万险，这样的泥沼深陷，何苦再扯他的囡囡进来？

他只有一个囡囡啊！

这样柔软的、娇慵的小姑娘，应该被妥帖保护，应该去过无忧无虑的日子。

他最爱她，所以怎么舍得留下她。

良久，他艰难地回答：“我答应你，不会结婚，以后也不会和任何女人在一起。”

茬南初听吃了一惊，接着反应过来，落下泪来，问道：“包括我吗？”

“包括你。”

短短数字，如卷刃刮过二人的心口。

江庆之自记事起就没有哭过了，不是逞强，而是流泪有什么用呢，不过是于事无补罢了。

如今，他却有种近似流泪的感觉，近似而已。

茬南不顾一切地向他扑来，眼里是抛开一切的绝望和热烈。她还太年轻，看事情只看当下，不会计算漫长人生中的得与失。

可那又怎么样呢？无知无畏的爱又怎么样呢？它一样弥足珍贵，一样惊心动魄，一点也不比他的少，一点也不比他的差。

荏南咬住唇，倔强地说：“我不要，我不怕。”

失去了真心，剩下的日子便是再安稳，也不过是度日而已。她不要度日，她要和他快快活活地过这一生，哪怕再短暂，也不负了。

江庆之似乎终于被逼到极点，站起身来，走到她跟前扯住她的手将她拽到窗前。

“你看看这世道，难道你以为这是什么好世道吗？

“离开这个家，你只要走上一段，就能看见为了点剩菜抢得头破血流的乞丐；再往外走些，进了工厂，就能看见那些瘦得跟把骨头一样，还要搬比自己还高的铁桶的包身女工和童工；出了上海，往北边遭了灾的地方走，一个大洋便能买好几个活人，你买去做什么，根本不会有一个人问。

“你以为安稳是什么？安稳是这个世道最宝贵最难得的东西，也是我唯一能给你的东西了。”

这是江庆之第一次说如此多的话，句句锥心泣血。

他凭借自己的能力和地位，为他的家人在这乱世开辟出一方安稳天地，并不愧疚。他已经把自己填进去了，可如果连这都保不住他的爱人，生何欢？

荏南的眼睛直直地看着他，又仿佛看的不是他，良久，眼里的红丝一寸寸爬上来，泪痕都干涸了，她终于应了一声：“好。”

从此刻起，吃人世界里再也没有那个娇糯天真的囡囡了。

第七章 辛德瑞拉

ren nan

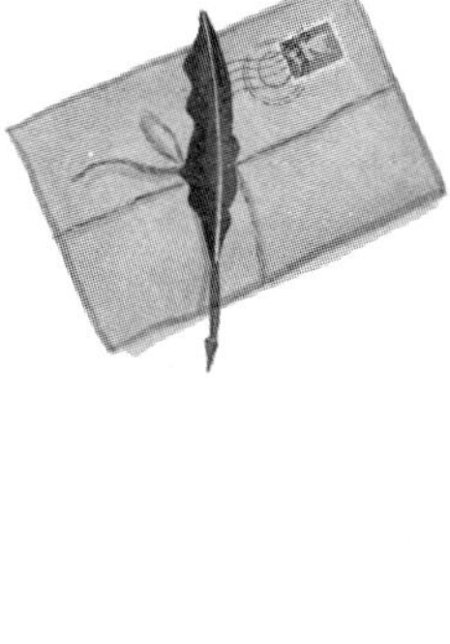

那天后，江庆之便去北平出差了，当夜出发的，冷冷的车前灯透过庭院里架子上的葡萄藤，印在玻璃窗上。

江明之在露台抽烟，被车灯晃了下，微眯了眯眼，捏了捏眉心，轻舒了口气。

“二哥。”

江明之在夜里被这轻飘飘的声音叫了一声，差点吓了一跳，歪靠在栏杆上给自己拍心口，说：“失恋便扮女鬼吓人，可不是什么好习惯。”

荏南根本不理他此刻所谓的俏皮话，只是静静地从露台望着逐渐远去的一点灯光。

“你这样子倒有点像《双星记》里的冯心怜，那眼睛红得，真楚楚可怜，你要是想拍电影，二哥第一个出钱捧你。”这种时候江明之那张嘴还是不饶人。

他哪壶不开提哪壶，荏南通红的眼睛轻轻瞟了他一下，已经没那个气力瞪他了，却让他自觉收了声。

他的表情严肃起来，荏南反而有些过意不去，也学着他双手靠在栏杆上，说："二哥，你哪里有钱捧我做明星，不如先攒够零花吧，小心……他又停你的生活费。"

江明之笑得逍遥自在，说："二哥说能便能，二哥有跳舞约会请人吃饭的钱，自然也有捧自己妹妹做大明星的钱。"他吸了口烟，雾气漫住他的笑。

"来一根？"只有这个不靠谱的二哥才会诱导自己刚成年的小妹妹抽烟。

"我不要，我不喜欢。"荏南答得冷静。

江明之兀自叼着烟，像个称职的花丛浪子、豪门阔少，往空中吐了个烟圈，笑着说："这么正经，也不知道学了谁，这时候来根烟、喝点酒会快活很多。"

荏南转过来盯着他的眸子，一字一句地说："我不要这些虚无的安慰，我要你帮我，你答应过的。"

"怎么帮你？如今这局面，你还不放弃？"江庆之歪着头看她。

"不放弃。"荏南重新看回黑暗中的庭院，植物在暗夜中静静地生长。

两人交谈了一会儿，风将声音都打散了，送去无人的角落。

江明之吸了口烟，一点明暗闪烁，烟草的味道散在空气中飘了很远。他把一根烟吸尽才转过身来，斜倚在栏杆上，说：“看来表面越柔弱的女子，心越狠，连我这个自诩没心的人都甘拜下风。囡囡，你真不怕？”

“我不是囡囡，我是荏南，江荏南。”

荏是怯懦软弱的意思，可她是荏南，荏难。

她的乖全是装出来的，她的弱也全是为了麻痹他人，她就像蒲草一样，不起眼又柔软，可她比谁都倔，比谁都有毅力。她花了一半的人生去爱一个人，而剩余的人生，她依然不打算改，无论那块顽石愿不愿意承认，无论她的下半生可能会有多短。

都说清楚了，江明之却没有走，他潇洒自在，难得如此反复，又点了根香烟，火柴在半空中划出一道光痕，随即被摇灭了。江明之吐了口烟，用他天生带了三分轻佻的语气说道：“荏南，你会怪二哥吗？”

“怪你什么？”荏南双手撑着下巴，从侧面望去，仿佛还是那个天真娇憨的囡囡，只是语气平静得如同已经奔流殆尽、入了深潭的池水。

“做个纯粹被辜负的人其实好受多了，至少有处可发怨气。”他顿了一会儿，继续问，“要是以后年纪轻轻死了，你会后悔吗？”江明之不再问是否会怪他，却问她是否会后悔，他是从来不在意别人恨不恨自己、怨不怨自己的，只要他觉得开心舒畅就好，可对方是一起长大的囡囡，所以到底还是多白问一句。

“不到死前那一刻，我又怎么知道呢，不过想来就算后悔，一闭眼的工夫也就过去了，死后埋在土里无知无觉，大概不难熬的，可如今我却是实实在在、分分秒秒地凌迟着自己。这样算下来，用死前那一会儿的后悔换现在长久的开心，不是很划算吗？”惊世之语，她说得漫不经心。

江明之被烟呛了一口，然后看着她拊掌大笑，叹道：“你嫁给大哥那么个木头实在可惜了，不如还是嫁给我吧，咱们俩定能逍遥快活。”

“我才不要嫁给你。”莅南撇撇嘴。

“怎么，那木头大哥便这么好？”他笑得捧腹。

“你刚刚那么说，不过是此时此刻觉得我这话趁了你的心意，可我们的本质是不一样的。二哥你追逐快乐，越短暂越绚烂的东西你就越中意。你对所有人都交付真心，是因为这真心从来都只属于你，你大方和他们共享，又完完整整地收回来，从没有执念。”

“可我不一样。”莅南叹了口气，“我是个大俗人，爱一个人便想长长久久和他在一起，我的真心交出去的时候便没有打算收回来。”

她转头看向江明之，说：“二哥，你应该找一个和你一样潇洒的人，快快活活地过这辈子，你不用考虑伤她的心，她也不怕伤你的心。”

江明之被她如此剖了一番，却丝毫不恼，眼中呈现了点真正的笑意，说：“做个痴情种子固然感人，可做个没有心的快活人又哪里不好呢？反正我活了这么久，实在觉得开心得很。”

荏南认真地点点头，说道：“本来就是，这世界上各人有各人的活法，求的不过是情愿二字，又哪里有一种一定比另一种好的道理呢？”

“知我者，囡囡也。就冲这，二哥一定帮你如愿。”

两人就这么达成了交易。

夏日里的葡萄藤尽情地吸收着阳光雨露，长得张牙舞爪，在石架上爬得欢快，一只大大的金属剪子张开剪口，将伸出来的枝蔓齐齐剪掉，修整得规规矩矩。

庭院里的花草也打理一新，千叶石榴花开得正艳，玻璃海棠开得圆密，和大片的凤尾竹连在一起，风一吹，便是迤逦之景。

江家用人打起精神将家里擦得干干净净的，别说玻璃，便是那地上的木板都能隐隐照出人影来，吊着的水晶灯都闪着炫目的光晕，凡稍有些旧的陈设全收了起来，所有房间全都收拾了一遍，以供宾客休息。

在江荏南被收养的第十年，她终于要正式与江家二少爷成为未婚夫妻了。

这日既是她的生日，也是她和二哥订婚的日子，族中亲戚全赶了过来，各界名流也都是座上宾客，比起之前廖家的婚事有过之而无不及，毕竟江家家财万贯，又许久没有过喜事，这桩婚事便是联络感情、疏通网络的好时机。

荏南将要好的同学也都请了过来，萧竹还提前和她住了一晚上，两人躺在松软的大床上，头发都带着点水汽，身上俱是女孩子的馨香。

她们藏在轻薄的夏被里，晕黄的灯光透过被子照了进来，将少女软嘟嘟的脸颊晕染上一层暖色，发丝在丝枕上蹭得有些乱了，更添了几分放松和可爱。

萧竹伸手捋了捋荏南的头发，温柔地挽到耳后，然后看着她笑了下，说：“没想到你是我们这些同学中第一个订婚的，恭喜你，你和明之哥哥一定会很幸福的。”

荏南将脸埋进枕头里，良久才说：“嗯，我一定会很幸福的。”随即她转了过来，看着萧竹的眼睛，萧竹那双圆圆的杏眼闪着一点湿润的光，她突然问道，“小竹子，你是不是喜欢我二哥？”

萧竹猛然颤了一下，什么也说不出来，荏南便知道答案了。

她轻轻叹了口气，那叹息落在萧竹身上，仿佛一片枯叶打在水面上，鱼儿被惊走。如果人的心思也跟那趋利避害的动物一样简单就好了。

“你喜欢谁不好，怎么偏偏喜欢上我二哥，这世上好的男子那么多，你还是去喜欢别人吧。”荏南看着她的眼睛说道。

一点亮从眼角滑过，落在丝枕上，萧竹说：“我不会做什么的。”

荏南拭了下那滴泪，认真地说：“你要是做什么我倒安心，你这样什么都不做就这么一直在心里喜欢他才最叫我担心。”

“荏南……”萧竹睁大了眼睛，有些无措。

荏南探过身抱住了她，柔柔地说道：“我不是介意，只是担心你。如果你真的喜欢他，真的真的很喜欢他，那就去告诉他吧，但……但一定要守住自己的心。”

在两人的絮絮私语中，零点的钟声响了。

生日这天，全家一大清早便出动了，虽然以庆祝生日为名，宣布正式订婚，江家又是新式家庭，因此那些传统的仪式和喜联之类的装饰就全省去了，但是到底不能太素，江家花了大手笔，从花厂拉来了好几车的新鲜花叶，缠在金丝上，或做成拱门，或制成小巧的花架点缀在各处，挑选的花全合了荏南的喜好，都是些精致雅丽的品种。

荏南在房里换了衣服，订婚不比结婚，不需要穿大礼服。家里给她准备了一件绣着蕙花纹的胡粉色底的长裙，上面缀了数层象牙色轻纱，下面是散开如云朵般轻柔细腻的裙摆，在腰那里一下子收紧，淡色的缎子包裹着上身，颈间露出的一点肌肤几乎比雪还要白。

她着了新嫁衣，指尖拂过裙摆上的蕙花，这是大哥挑的。绣着蕙花的裙子，满院的花架，乐队排练的曲子，全是她喜欢的。

荏南下楼的时候，宾客都已经到了，整个江公馆门户洞开、华灯溢彩，所有人都在等着一对璧人比肩。

荏南沿着楼梯缓缓而下，友善的掌声响起。她今夜太美了，美得像一个梦，柔软的纱拢在身上，光洁的缎子将身量衬得端方妩媚，那些明里暗里对她嫁入江家的质疑都消散在今晚的惊鸿一瞥中。

江庆之站在人群里，与其他人一样抬眼望着从高阶步下的荏南，与他们一样微微抬起唇角。旁人见了，只觉得这个如父的长兄终于将自己从小拉扯长大的弟妹安排好了终身，心情甚佳，纷纷调侃起他来。

“江兄今日可算如愿了吧，恭喜恭喜。”警察署长过来凑趣。

江庆之笑着抬起手与他碰了碰杯，一口饮下，并没有回答。

按照惯例，荏南与江明之要一起跳第一支舞，当缠绵的音乐声响起时，荏南向江庆之走去，轻纱拂在地上，人群为她让开，任何人都舍不得弄脏如此美丽的裙角。

裙摆停在黑色的燕尾服前，她笑得璀璨，唇角没有一丝轻愁，连眼里暗暗流动的波光也让人觉得是幸福的眼泪。

“大哥，我好看吗？”

一如往常的每一次，江庆之抬手拭去了她将要夺眶的眼泪，没有让它流下来。

“好看。”

大提琴声越发悠远，订婚宴的第一支舞，该由新娘子的长辈将她交给江明之。她没有父亲，也未邀请远房的族亲来，只有一个大哥。

江庆之最后一次执起她的手，感觉她在他掌心中微微颤抖，他从头到尾没有转头看她一眼，只是无比轻地拢住她微凉的指尖，用掌心的温度熨帖了她一瞬。

然后，他不存留恋地将她交到了江明之的手里。

今夜是盛宴，高朋满座，宾主尽欢。

今夜是喜事，一对璧人，花好月圆。

江庆之今夜喝了不少，与众人举杯，来者不拒，真正是高兴至极、宾主尽欢。

茌南与江明之跳了一支又一支，舞步翩跹，腰肢袅娜，不时还耳语一下，引得宾客们不时发出善意的笑声。

这场订婚宴热闹极了，排场也大，直到深夜江公馆仍灯火通明，将天都染亮了三分，直到不少人都醉了，由明之出面安排妥当。

德国赫姆勒摆钟“铛铛铛”敲了三下后，整个江公馆终于彻底安静下来了，走廊里静悄悄的，什么声音也没有。

一只光裸的足从提起的裙幔中露出来，落在地板上，在暗夜里如雪一般微微散发着光。柔白的纱从胡桃木上拂过，荡出一点缠绵的窸窣声。

“吱呀”，厚重的木门被推开，又被轻轻合上。

江庆之还未睡着，头疼得难受，闻声转了过去，却怀疑自己尚在梦中，可便是他的梦也未如此美好过。

茬南的头发松散地铺在肩头，乌发间露出肩头雪艳的肌肤，细致的锁骨伶仃地铺开，被轻柔的蕾丝半掩，纱裙被轻轻地提了起来，露出一双小巧的足，毫无畏惧地立在这暗夜深沉的房中。

见江庆之望了过来，茬南脸上荡漾出了笑，灿烂得仿佛从来没有受过伤，她又问了一次那个问题：“大哥，我好看吗？”

江庆之知道自己不该答的，从他交出她的手的那一刻，从更久以前，就不该答的，可还是说了：“好看。”

茬南往床边迈了一步，歪着头用天真而温柔的语调说：“那今夜，我做你的新娘子好吗？我连嫁衣都穿上了，你给我准备的嫁衣。”

江庆之用手抵着太阳穴，说不出话。

茬南轻轻抿了抿唇，继续说着：“每年生日你都会让我许三个愿望，然后偷偷帮我实现，可我每次都只说两个愿望。我许过公主裙，许过每天吃一块草莓蛋糕，许过一个月可以不用做拉丁文作业，还许过其他许许多多的愿望，都实现了，现在只差一个。

既然注定是分离，那么至少今夜让我做你的新娘子吧。这就是我从小到大一直没有变过的第三个愿望。

若从来没有拥有过，我这一生大概会放不下。余生那么长，你总得给我机会让我忘了你，好好成为别人的妻子、母亲。为了我还能够好好去爱别的人，去过幸福快乐又安稳的一生，你帮帮我吧。

辛德瑞拉也有一晚和王子跳舞的机会，你今晚还没和我跳过舞呢。”

她眼中闪动着泪光，却笑得无忧无虑，一滴泪落了下来，她也随它去，仍然笑得很美。

江庆之的头越发痛了，视线也越发无法集中，只能看见半明半晦中茬南的泪痕耀着一点光，仿佛被蛊惑，他朝那唯一的光源而去。

“别哭。”

“别哭，我的囡囡。”

茬南的脸被泪水打湿，微微发凉，呼吸拂过眼睫，让人觉得发痒。

她最后流了一次泪，不顾一切地抱住他，紧紧地抱着，汲取大哥身上的温暖。终于如她所愿，江庆之也回抱了她。

白纱下的脚尖离了地，足背擦过床沿，留下如微澜的纹路，修长的手臂穿过腿弯，荏南被江庆之抱在怀中。

一只手穿过夜雾一样的发丝，擒住荏南的后颈，让她更深地扬起头来，动弹不得。

他的尾指抵在她后颈一颗朱红的痣上，指尖在那颗痣上细细碾着，那颗痣极细，仿佛血点，从来被掩藏在发丝间，只有最亲密的人才会知道。

手掌延展开来，拇指拂过下颌，将她托着按向自己。

“别动，囡囡。”

夜风拂过窗外的葡萄藤，如同恋人的低语一般，被风送到了露台上，而就在不久之前，有人在这里听过葡萄藤叶的声音。

“囡囡，你真的不怕？”他顿了顿，继续说道，“不怕逼疯大哥？”

“我不是囡囡，我是荏南，江荏南。”她侧首认真地问，“你确定那药和酒一起服下不会有问题吗？”

“不会伤害身体的，那只是放大些酒的作用，让人更加松懈，并没有致幻的功效。”

他转头看着她的眼睛，笑着说：“有你，便足够了。”

一切爆发都有片刻的宁静。

一切死亡都有冗长的回声。

天际翻了一痕鸭蛋青，逐渐混了点淡金进去，有片红越来越耀眼，终将天色点亮。

光还未照到这间卧室，半昏半明中仍是那一片狼藉，有几根羽毛从枕头里钻了出来，被弯折成破碎的模样，一根夹在铺散开来的头发上，黑白分明。

蜿蜒的发丝如水满溢在雪白的肌肤上，搭在她的肩头，还落了一缕盘着纤细的锁骨。

剩下的发丝全散在她枕着的胸膛上，荏南静静地伏在大哥身上，耳朵贴着他胸口。

扑通……扑通……

她数着心跳声，嘴里默默念着秒数，等到了六十，算了下，还好，没有什么异常。她还是有些担心药和酒一起会不会出什么事。

数完他的心跳，荏南支起下巴靠在他身上，静静地看着他半隐在黑暗中的脸。

他现在如此平静，眉头不再皱起，双眼紧闭，在药物和酒的作用下睡得极沉，他额头上的汗珠早已干了。

她平日里只敢悄悄地望着大哥，有时被他发现了，便会甜甜地笑一笑，然后若无其事地移开视线，大哥总是能发现她，却也总是任她看。

她要看着他一辈子，哪怕中途多些波折。

荏南就这样望着江庆之，伴着沉沉的心跳，享受着最后的静谧。

第一缕金色的阳光从窗外照进来时，房门突然被敲响了，堂叔母、大姑姐和来吃酒的几个女眷满脸喜气地来叫人去认亲，敲了两下没人回应便开门看看，却见到了这样一幅场景。

一对男女抱在一起，与荏南抱在一起的那个人，不是她刚刚订下婚约的未婚夫，而是江家家长江庆之。

堂叔母一下子便吓得昏倒在地，年轻些的小辈忙着搀扶，又拉不动，慌乱之下只能喊人来帮忙，这事便这么闹开了。

江庆之昏沉地在一片吵嚷声中睁开了眼，耀眼的阳光从橱窗的玻璃门上反射着刺进他的眼底，让他脑子嗡鸣。

他的心口承了点重量，还有些痒意，他低头望去，是发丝拂在胸膛上带来的异样感。

江庆之的太阳穴疼得要发狂，他眼中只有贴着自己、被阳光映照得雪白的身体。

她还闭着眼，可眼睫在微微颤动。

正是囡囡。

江庆之头一次头脑出现了空白。

他挣扎了那么久，折磨自己，也折磨囡囡，却终究还是犯下这不可饶恕的过错。

为了这订婚宴，家里住了些亲戚，且昨晚宾客尽欢，喝多了的不少，江明之也安排了些喝醉的客人在家中休息了一夜。

本是好意，可这样一来，这事就瞒不住了，二楼又闹又叫人，这样惊人的消息立刻就传遍了，不止家里的亲戚，连外人也猜出了一二。

江明之这时才现了身，一副刚刚醒来、不知所措的惊慌样子，慌慌张张地把暗里瞧着热闹的众人请了出去。

房间里，荏南下了床，小小的足尖落在木地板上，没有发出一丝声音。她的身影沐浴在阳光中，面容却被阴影掩着。

“囡囡。”江庆之唤她，可却不知道自己要说什么。

荏南转了过来，看着他，眼里一片沉寂，仿佛火焰燃烧殆尽后留下的一捧灰。

“大哥，你想说什么？”

“或者说，你想好说什么了吗？”她轻轻地笑了，接着说道，“是想告诉我不会有事，还是想保证这件事不会传出去？”

“或者是想告诉我你改变主意了，你会对我负责？”

荏南直看到他眼底，冷静到仿佛事不关己，说道：“大哥，等你想好你打算如何做，再来找我吧。”

她捡起地上的衣服，披上江庆之脱下的西装，独自离开了，留他一人在这儿。

江明之花了快半天的工夫，顶着众人暧昧而同情的眼神，好容易安抚好他们，一副心力交瘁的样子上了楼，待离开众人的视线后，他便换上了一脸看好戏的表情，抬手看看表，时间到了，敲开了他大哥的书房。

一开门，他便被扑了一脸的烟气，他那位好大哥紧闭门窗，在这密室里独自抽烟抽得凶极了。

“给我来根。”江明之走到江庆之身旁，漫不经心地要了根烟，还做出个借火的姿势。

江庆之看了他一眼，还是微微侧首让明之从他吸着的烟借了火。

“你帮她的？”江庆之吐出一口烟雾。

“是啊，是不是很厉害？”江明之笑得开怀。

“你知道这意味着什么吗？”江庆之的语调依然平淡，可额角的青筋却跳得厉害。

“自然知道。”江明之挑挑眉，“不过，大哥你知道吗，给你用的那药并不致幻，它只会放大酒的作用，让你更加松懈罢了。”他迎着江庆之的目光看了过去，笑得颇有深意。

“咚、咚、咚”，楼下传来落地钟的报时声，江明之还没吸完烟，却还是摁灭了，漫不经心地开口说道：“对了，大哥，有件事忘了和你说。就在刚刚，囡囡坐的那条船已经开走了。”

交际场上的话题天天都会变换，从赌马的败家子到刚满月的金孙，如今谈得最热的便是江家的新闻。

江家视为掌上明珠养了十年的养女，头天与江家二少爷订婚，订婚宴盛大得不得了，第二天江二少爷便宣布取消了。这订婚的排场大家都是瞧见的，当时还人人艳羡一个养女如此受到宠爱，可没想到竟出了这样的变故。

当日留在江家的族亲和宾客谈起这事来全部守口如瓶、讳莫如深，反而更加叫人遐想了，一时间各种猜测甚嚣尘上。

众人能看到的是，江家二少爷丝毫不见婚事取消的颓色，没多久便重返交际场，只是脸上挂了些彩，休息了这几日，依然隐隐可见。

多少人试探着问起这事，江明之依然一副万事不挂怀的样子，说："我与我家囡囡从小一起长大，吃喝玩乐都能玩到一块，可若是要谈情说爱，实在是让我俩都起一身鸡皮疙瘩，奈何家里从小订下的婚约，我俩便一起来了个釜底抽薪。"

这样大的事，居然这样胡闹，难怪身上挂了彩，大概是被家里好好收拾了一番。

这番说辞瞒得了外人，却瞒不过当日撞破的那么多双眼睛，族里的亲戚和江庆之在生意上的一些合作方都知道了究竟是怎么一回事，只不过是江庆之多番威压、周旋，这才没有将此事宣扬得人尽皆知，但该知道的人都知道了。

深夜，江公馆已经安静了下来，明之将西装甩在一边肩上，小声哼着《月圆花好》往房间走，开了房门一片黑，还没来得及把电灯打开，便下意识地绷紧了全身，手伸向身后，随即又放松了下来。

“大哥，又怎么了？打算再审我一场？”明之笑得肆无忌惮，不见丝毫惧色。

“是你走错了。”江庆之回了一句。

江明之愣了一会儿，然后眼里浮现出狐狸样的笑意，大哥真是够小气的，就因为囡囡在这里睡了一觉，如今他便连自己的房间都不能回了，只能睡客房。

早知道，他便建议囡囡在她自己的房间下套了。也怪当时自己太过细心，女孩子闺房特征太明显，担心大哥虽然用了药仍然会察觉出不对劲，这才贡献了自己的房间，没想到这般的贴心倒换来如今有房不能回。

“大哥，当年真不是抱错了吗，囡囡才是你亲妹妹吧？”下一刻，他又喷笑出来，“不对，她要真是你的亲妹妹，那如今才是麻烦大了，还是委屈委屈我，继续做你的亲弟弟吧。”

江庆之从头到尾都没给他个眼风，听了这混账话，随手拿起桌上的镇纸扔了过去，那可是黄铜的，真被砸到，脑袋不开花也得破相，明之眉毛都没抬就躲了过去，然后挤出一副大惊失色、饱受虐待的神色来。

他这大哥虽然自小教训他的时候多了，但是自从他成年以后，江庆之便没再和他动过手。若他问，大哥便答，若他不问自己做，大哥也不过问，只让他学会自己承担后果。

那天听到茬南走了，他那稳重的大哥连烟都掉地上了，连衣服都来不及披，穿着件皱皱巴巴的衬衫就往外奔，那么大的码头，就这么自己跑了几个来回找人。

到最后，江庆之未发一言就匆匆走了，接下来倒霉的便是幸灾乐祸等着看戏的江明之了，他老老实实挨了第一拳，然后便开始闪避。明之的身手并不差，只是万事没有常性，所以练得没有江庆之如此专深，但自保还是不成问题的。

“在哪儿？”江庆之狠狠地击打在明之的腹部，口中吐出几个字。

江明之闷哼了一声，然后跳开，啐了口带血的唾沫，一边喘息一边笑着，说：“大哥，你打我有什么用，你难道能轻易出国去找她？”

“我这回可算是见识到囡囡的心有多狠了，你便是真找着了，除非你能给她一个满意的答案，否则她总能找到机会逃的，她可比你心狠多了，对自己狠，对你更狠。”这话句句诚实得不得了，也诛心得不得了。

打到最后，书房里的东西能砸的都砸干净了，江庆之也没从他口中问出茬南的下落。

庭院里的第一片枫叶转红时，茬南仍然没有踪迹。

江庆之断了明之的经济来源，可他自己早有渠道，并无大碍，依旧浪荡得没边。欧洲那边已经开学了，江庆之本打算让他回欧洲后松懈下来，再派人从他那里摸些线索，可江家二少爷主意大，一声不吭地直接办了休学回来的。

江庆之如果真的要收拾明之，自然也有办法，可他不能用对付敌人的办法对付自己的亲弟弟，也知道江明之虽然胆大包天，却不会真的拿荏南的安危开玩笑。

更重要的是，他亦不知如何面对荏南，如何待她，如何让她幸福，如何让她一世平安。

他的内心被撕扯出一丝侥幸，已经如此局面，是否有资格梦一梦拥荏南入怀，可他又唾弃自己，错了一回，还要越错越深吗？

只是，午夜从来无梦，连一片影子也未误入过，他便总是在一阵心悸中醒来，手张开空无一物，只有尾指似乎还残留着她握过的一点余温，日复一日越散越淡。

他让人去了澳大利亚，却没有找到人；他派人去了法国，一无所获；他让同事仔细搜寻，只是徒劳；他借着谈判去了一趟美国，毫无线索；国内也没有放过，凡是江家产业涉足的地方，他都下了死命令。

江庆之找了所有可能的地方，没有找到他的囡囡。

架子上的葡萄藤慢慢落尽了叶子，显得有些萧索。不过，它在冬日干枯，又会在春日焕然。

深夜里，簌簌的雪声独自喧嚣着，在葡萄藤的节枝上积了一层浅浅绒白，慢慢越堆越多，将地面染白，银冷的世界只有一隅映着二楼窗户透出来的一点暖光。

凌晨五点左右，雪已经积得有了些厚度，江公馆的门开了，一双皮鞋踏上无人的雪地，留下一串脚印。

荏南小时候一直想看雪，无奈这里几乎很少下雪，便是下了也只是潦草几许，还没等人起床便被回升的温度融得狼狈不堪。

为此，荏南还曾经在睡前抱着熊宝宝在窗前祈祷能下一场很大很大的雪，让她能捏一个雪人，小小的雪人就行。

江庆之俯身掬了一捧绒雪，细雪粒子在皮手套上柔柔不堪一握，他看了一会儿，将那雪抛落，将手套脱了下来。

他半蹲了下去，赤裸的皮肤碰触到冰冷的雪粒，伸手握了满把，就这么在那里耐心地捏了起来，羊绒大衣的下摆摊在雪地上，拂开浅浅的划痕。

江庆之在雪里蹲了许久，认认真真地捏了个小雪人，将它放在了荏南房间的窗台外。

可惜，没有等到主人回来，它就化掉了。

天气慢慢热起来了，春衫上了身，江明之这样的阔少，自然是最时兴、最流行的国外款式全来了一套，每日似开屏的孔雀，流连在交际场上，极吃得开。

江庆之还是那老一套，一贯的“不逾矩”，今年没有人替他添那些花哨事物，冷些便穿轻薄的大衣，热些便穿短身的西装，还是那副金丝眼镜，仿佛一切都没变过。

他上班前开了抽屉打算换块表，看到了里面躺着的深蓝色丝绒盒子，就这么看了一会儿，然后伸手拿了出来，没有打开就又放了回去。

关抽屉前，他随手拿出了旁边的金刚石袖扣，仔细地系了上去，那是荏南前两年送他的。

然后，他就如往常那样上班去了。

院子里的月季从四月便陆续开了，随着夏日的骄阳越发鲜妍。

阳光从玻璃窗刺了进来，照得桌面上的纸上的字都有些模糊。

江庆之将那叠电报拿了起来，快速看着。

“纽约，无讯。”

“巴黎，无讯。”

“东京，无讯。”

“悉尼，无讯。”

……

“苏州，无讯。”

“重庆，无讯。”

“香港，无讯。”

他将那叠纸放了回去，靠回了椅背上，望着阳光中飞舞的微尘出神。

囡囡，此刻是否一切都好，是否有安歇之所？

是否也挂念着他？

第八章 归人

ren nan

江庆之从前加班就厉害，如今更是没了节制，明之不管浪荡到几点回家，总能看见二楼的灯一直亮着，有时喝酒喝多了起夜，还能从黑暗的走廊中看见门缝里透出来的光亮。

次数多了，他便知道了些蹊跷，大哥的房间是不让任何人进的，除了荏南，可如今荏南不在，他只能自己大着胆子潜进去了一回。

果然，他在枕头底下找到了一瓶药。

“真是不中用啊！”明之把玩着那瓶药，叹了口气。

他拿去质问大哥，江庆之却只是接过那盒药锁进了抽屉里，神色淡然。

江明之跟门神似的杵在那里等一个解释，江庆之睨了他一眼，最后还是开口说了一句：“我心里有数，也不怎么吃。”

江明之仔细看了下他的神情，知道大哥说的是实话，才转了调笑的语气，说道："大哥，你可曾料到你有一日会陷得这样深？以前你大大小小的伤也受过不少，可照样该怎么过怎么过。如今囡囡走了，你便连晚上都睡不着，安眠药也吃上了，既然这样，那你当初何必非要送她走？"

明之本来没指望等到答案的，可没想到江庆之在长久的沉默后居然回答了他："不过是睡不着罢了，总比她没了命好。"

江明之转过身来，看着他的眼睛问："如今你还是这么想？"

江庆之微微后仰，靠在宽大的椅背上，眉心浮现出淡淡的纹路。这四百多个日日夜夜的折磨不是假的，他没有一天不挂念着囡囡。

天气热了，他想着囡囡如今有没有减衣裳，是否还会贪凉睡在沙发上。

下雨了，囡囡一向不记得带伞出门，有没有人记得去接她。

她爱穿漂亮衣服，以前每月都能添上几件新裁的旗袍，别看这么小个人，在穿着上最是讲究，他也是多亏囡囡的磨炼，才明白了那些看起来差不多的样式之间有些什么不同。

她爱吃草莓蛋糕，爱吃新鲜的樱桃，爱吃一切难寻到的金贵玩意。以前，江庆之的行事历里总是根据时令记着要替她采买这些东西，早已成了习惯，如今，他总是下意识地绕去红宝石蛋糕店买一小块草莓蛋糕，可提回家后才记起来，那个会笑着扑到他怀里的人并不在。

所有这些细小的改变仿佛锉刀一点点磨去他的生趣，并不激烈，却如同伤口一样潜伏在身体里，总在夜深人静时发作。

时间过得越久，那疼痛就越阴狠伤人，他也想睡得安稳些，才偶尔在累极的时候服些药。

他剩的，也不过这些手段罢了。

江庆之去年受了伤，这一年来也没有怎么好好保养，每每到了湿冷天气就会发痛。

江庆之自然不会把这些事往外说，他不说，明之是绝不会注意到这些的。明之如今已经把学籍正式转到了震旦大学，江庆之冷眼看着，任他自去折腾。明之依然每天逍遥自在，偶尔看到他大哥锁着眉头，也只当作他又在自己和自己过不去，调笑两句转头就忘了。

这便是家里只有男人的坏处了，江庆之的伤没有好好将养，眼看就要落下病根了。

转眼又要到新年了，是该阖家团圆的日子，可家里没多少氛围。江庆之今年早早给帮佣们放了假，于是家里就只剩下他与明之。

江明之还算有良心，提前回家，到家一看冷灶无人，顿时就生出了想跑的心思，无奈他已经看见了院里停着大哥的车子，放大哥一个人在大宅里，人也没有，饭也没有，未免有点太凄凉，于是他摸了摸后脖子，还是认命地上了楼。

明之敲了门进去，问大哥要不要吃点面条，这是他唯一勉强能弄的吃食，看在一母同胞的分上，愿意分大哥一碗。

江庆之对他的厨艺敬谢不敏，只让他回房去，今夜不许出去鬼混了。明之不置可否地撇撇嘴，开了门打算出去，突然探回半个身子，说道：“大哥，新年快乐。”

他的笑容一向蛊惑人心，今天这笑却格外真心，看着多了几分稚气，让江庆之想到小时候自己每每在父母面前替他扛下责罚，明之就会像小尾巴似的跟在自己身后，眼睛闪亮亮地看着自己，满是感激。

江庆之难得露了个笑，回道：“新年快乐。”

江庆之一个人坐在书房里批着公文，玻璃隔绝了北风，只听见炉火中偶尔爆出的断裂声，燃起的光将他的面容镀上一层暖色。

他累了便起来去窗前站站，窗外的雪越下越大了，鹅毛似的漫散在夜空中，被风割成破碎的形状。

江庆之点了根烟，默默地吸着，呼出的烟雾短暂地模糊了视线，然后又散去了。

如雾的烟，结霜的窗，漫天的雪，在这个无人的夜晚，一个小小的身影从庭院走了过来，在雪地上留下一个个脚印。

香烟落了地，被碰灭了，却无人去理，书房的门被猛地打开，一阵狂乱的脚步声回荡在曲深的楼梯上。

江庆之冲到了楼下，拉开了门，狂啸的风雪一下子吹满了内室，可他什么都不在意了。

一个小姑娘站在门口，穿着红斗篷，脸也被冻得发粉，对他笑了。

“大哥，新年快乐。”

四百多个日，四百多个夜，他是如何熬过来的，在囡囡轻轻唤的那一句“大哥”下，一击即溃。

江庆之似乎丧失了感知情绪的能力，他的嗓子里堵着硬块，什么也说不出来，只是就这么立在门内，看着门外风茫雪虐中那个藏在红斗篷下的小人。

她的鼻头是红的，眼睛也是红的，偏偏在这么暗的夜里闪着点光。

在漫天风雪里，她被裹进一个温暖的怀抱，妥帖收藏。

茬南受了一路霜寒，脸庞被刀子似的北风刮得没了知觉，在他体温的熨烫之下，终于涌上一股刺麻感。她叹了口气，伸手环住大哥，回抱她心爱的人。雪地上映照着门内暖色的光，两个相拥的影子被拉得很长，为这寒天里添了丝缱绻。

碎琼乱玉，吹不进这一角。

茬南没多说一句，就被江庆之用西装裹着抱上了楼，放到炉火前。被雪打湿的鞋袜被脱了下来，一双小小的脚被冻得有些青了，衬着纤弱的脚腕更加不堪一握。

江庆之半跪下来，手触上她的脚跟，仿佛握着一块冰，而这本该无知无觉的冰因为他手心的温度而颤了一下，好像要逃离似的。

她便是为了受这些罪，才从他身边逃开的吗？江庆之想过囡囡在外面不知道碰到多少比这还难的境遇，他素来狠心，可如今只是看到了囡囡冻伤的脚，心底就溢出一股酸痛。

他将囡囡的脚放进怀里，隔着层薄衬衫，感受到小小的脚趾被烫得动了动，弄皱了他的衬衫，也搅乱了他本就不平静的心。

江庆之专心地为她暖着脚，就好像世界上没有比这更重要的事让他去做一样，两个人都没有说话，任凭沉默填满空白。

“大哥。”茬南开了口，江庆之抬了头，从镜片后望着她，目光深沉如水，将温柔藏在后头。

茬南自顾自地低着头，仿佛在自言自语。

“这一年多里，最初我想你想得厉害，日日夜夜都想，每到一个地方都想，吃了一点苦就想，好多次都想逃回来，在你的庇护下生活。

“后来好一些了，我有了好多朋友，每天有好多事情要做，就没那么想你了，也不再每天夜里哭，开始过得开心了些。

“再后来，我几乎不怎么想起你了，看见花不会想起你，吃到好吃的不会想起你，受了委屈也不会想起你，过得好好的。”

她抬起头来，眼里闪成一片，却没让一滴眼泪掉下来，维持着一种摇摇欲晃的理智。

“可如今瞧见了你，我才知道都是假的，我不再想起你是因为……因为我从来没忘记过你。”

茌南的眼睛就这么看着大哥，里面盛满了混合着少女与女人的悸动和温柔。

“我原来想着，如果你不在了，我也不想活了。

“可如今我不这么想了，若你死了，我会忘了你，然后好好活着，可能会和别人生儿育女，也可能不会。

“反正这世上可做的事情多了，如今这世道，若能给民众做些好事，我这辈子照样能过得有意义。哪天要是运气不好，天上掉下炮弹，那正好，我就能去找你了。

“我知道生命宝贵，安稳难换，可颠沛流离了一年多，我还是想来找你，想见你。

“我已经想好代价，计算好得失了。若是我中途死了，那受折磨的是你；若是你死了……”茌南说得有些艰难，却还是咽下了喉咙中的哽咽，继续倾诉着，“若是你死了，我也会独活。”

最坏的结局是什么？不是死别，而是生离。

她等了许久，依旧没等到回音，但她已经不忐忑，也不害怕了。她自己做好了打算，也选出了答案，无论回应如何，她都会沿着这条路走下去。

一声叹息如同羽毛下旋，荏南掉进怀抱当中，温柔的唇落在她的额心，然后悄然吻住了她。

江庆之投降了，早就投降了。

那个清晨，他冷硬的外壳就已经溃裂出缝隙。

后来，那么多日日夜夜都如刻刀一般刮着江庆之的神经，一刻不得安息，他痛，他忧，他念，他悔。

囡囡不愧是江庆之带大的，最知道如何惩罚他。

以女子的名誉为代价，在众人面前捅破这一切，为的是将自己划入危险区。素来受宠，又与江庆之纠缠不清的江家养女，这里面有多少文章可作，一旦这事为人所知，无论江庆之再想如何撇清，江荏南也必然会被视为击碎江庆之的突破口。

她失踪一年多同样是一次赌博，若她死在外面那便算了，若她在二哥的照拂下能活，那么在大哥的翼下自然也能活。

更重要的是，她要用这一年多的时间让大哥活在折磨里，让他时刻忧心、时刻痛苦，让他再也无法放开她。

她用命作饵，诱江庆之陷入万劫不复之地。

如果无法将你拉回人间，就与你同坠深渊，万人亦不可阻。

江庆之没有说什么天长地久、白头偕老，只是就这么吻着她，一直吻着她。

大概在这个世道，天长地久这种话太过自欺欺人，只要这一瞬是真实的就足够了，有情人在这一瞬相拥过，便是这个世界存在的意义。

他有多久没有亲吻囡囡了，连梦里也不曾出现过她。江庆之看起来断情绝性，可到底不过是肉体凡胎，心还是会跳，血也还是热的，理智再多，也依然会沦陷于无望的爱中。

如今，这份爱有了回音，以这样沉重的代价回应着他，江庆之没有办法，只能束手就擒。

他还半跪在地上，仰首吻着囡囡，宽大的手掌扣住茬南脆弱的后颈，将她从椅子上扯了下来。茬南还是冻得像一块冰一样，在冰天雪地里走了太久，手脚都冻僵了，即便在火炉边也无法暖和起来。

江庆之将她抱住，像抱着一个孩子一样。茬南在他怀里微笑了一下，伸出手将自己献给大哥，每一寸都紧紧相拥着。

他们不要未来，不要明天，只要这短暂一刻的真实体温。

江庆之就这么看着她。明明身后才是壁炉，茬南却觉得光亮和温暖全是从那双眼睛里来的。

大哥的眼神从来都是温柔的，他对所有人都是如此周到而有距离，唯独看她的时候，眼里总是蒙着一层雾，她原来看不透那层雾后面是什么，如今她已经都清楚了。

茬南环着他的脖子，直起身子轻轻吻了他一下，然后隔开些距离，看着那些雾气散去，那里什么都没有，只有她的倒影。

江庆之追了过去，一只手扶住她的背回吻着。

他的手顺着荏南的背滑下，蝴蝶骨深深硌在掌心，比什么都更鲜明地提醒着他，这一年多荏南过得如何。

荏南以前虽然纤细，可细看还是圆润的，吃多了小肚子还会鼓出来，她总嫌这样不好看、太过孩子气。如今便是想那般稚气都有些难了，肉肉的小肚子没了，那一节节的脊骨就这么突兀地梗在那里。

江庆之想让他的囡囡骂他、打他、怪他，好让心里的愧疚能稍稍平复一些，可他什么都没说。

他做不了什么，只能这样吻着她。

窗外的雪还在下，风呼啸着刮过玻璃窗的缝隙，吹得窗框发出细微的声响。屋内是暖和的，壁炉里的火光正亮，烈焰的暖色在深沉的砖石里反复回荡，火苗每摇曳一分，暗室里的温度就高上一分。

这场盛大的逃离终于落下了帷幕。

等荏南再醒来的时候，窗外天光已经大盛，照得满室光明，那些潜藏在暗夜里的纠缠似乎都被这样美好的阳光蒸发殆尽了。

她下意识地坐了起来，似乎有些恍惚，弄不清这里到底是哪里。她已经回家了，可心似乎还飘在半空，晃晃悠悠，只剩一根线牵着。

她还在愣怔，那个牵着线的人开了门进来。荏南下意识地抖了一下，这不是亲密相拥的夜晚，也不是她诉说爱意的瞬间，她莫名地有些害怕面对现实，宁愿时间停留在未知的那一刻。

香气传了过来，是熬得浓浓的山药粥，隔着这么远，她都闻到了一点清甜的味道。

江庆之端着碗粥过来，还拿了能放在床上的小餐桌，就这么摆在她面前。荏南有些反应不过来，家里的规矩是最严的，便是吃饭时也不能多说话，也不能在房间里吃东西，更何况是端着食物到床上吃。二哥小时候起不来时想这么做过，被大哥一路拧着耳朵下楼吃饭。

她愣愣地看着那碗粥，徐徐上升的热气蒸得她眼睛有些疼痒，忙眨了眨眼，又呆呆地看向大哥。

“吃吧。”他只有这两个字。

荏南这才反应过来，应了声“哦”，然后拿了调羹盛了一口，刚放到唇上就被烫得瑟缩了一下。

“慢些。”江庆之叹了口气，取过她手里的调羹，轻轻吹了吹，才又抵到她嘴边。

荏南说不清是什么滋味，仿佛有人将那风筝线缠了她的整个心脏，内里的血液想跑出来，外面的血液想涌进去，澎湃又压抑，悸动又心酸。

她张嘴吃了进去，有些甜，又糯糯的，很好吃。

“大哥，这个是你……”她没问完，总觉得不可能。

“张嫂做的。”江庆之面色淡然，一口口喂着她。

“哦。”茌南垂下眼，不再问了，乖乖地吃着。

楼下，明之起床了，已经有些晚，饿得厉害，进厨房搜罗东西吃，看见灶上有粥，正打算盛一碗，张妈凑了过来，劝道：“二少爷，今天这粥是大少爷做的，不准人碰的，你要吃，张妈重新给你做。”

江明之的眼珠子都快瞪出来了，他骂道：“我到底是不是他亲弟弟！”

明之百无聊赖地坐在餐厅里等张妈给他做早饭，江二少爷昨夜交际回来得太晚，所以即便睡到日上三竿，此刻还是哈欠连天，抬眼看见他大哥端着个碗从楼上下来，居然还是放在床上那种小桌几上面的，他眉毛都快挑到太阳穴了。

江明之以前也是在戏剧社凑过热闹的，时不时来一句莎士比亚的名言，看到这明晃晃的偏心，再想想自己以前被无辜拧过的耳朵，忍不住掐着嗓子来了一句：“Frailty，thy name is woman!”

江庆之稳稳当当地把东西放到了厨房才出来，丝毫没有理会他的作怪，转身又要上楼去，被明之叫住，他满脸戏谑地问：“大哥，你便这般喜欢？”

兄弟俩年纪相差大，加上江夫人被保护得很好，从来都是未嫁人的娇小姐一般，所以江庆之从小便自觉承担起了照顾幼弟的责任，颇有些长兄为父的味道。

江明之从小到大几乎没怎么见过大哥对什么表示过特别的喜好，仿佛对什么都没有执念，明明是江家大少爷，做些什么便吃些什么，买了什么便用什么。小时候他也闹过脾气，江庆之养了一年的花，他说砸便给砸了，父亲从国外带回来的钢笔，他非得抢，江庆之虽然每次都揍他，但是他知道江庆之从未真正为这些生过气。

江庆之便是这样，总是万事不放在心里，你看不出他在乎，也看不出他不在乎，永远那一副不露声色的样子。只有逼，把他逼到极点，才能窥探出他到底在乎什么。

明之坐在餐厅里的椅子上，就这么笑着等大哥的答案，还是没心没肺的样子，仿佛真的只是按他的随意性子随口这么调笑一句。

江庆之回头来，镜片折射出从远处照过来的一点光，脸上神情淡漠，没有漏出一丝情绪。

他往楼上遥遥望了一眼，再回头时，眼中已如春日初初化开的冰河，暖意藏在下面，几不可见，却闻潺潺声，他的唇角只轻轻弯了一点，然后答道："喜欢。"

这大概是江庆之第一次在外人面前承认喜欢什么东西，他从来不会让人猜到他心里在想什么，如今却这样痛快地承认了。

江明之愣了一下，然后哈哈大笑起来，骂道：“大哥，你真是栽了啊！”

江庆之没有理他，转身上了楼，去找那个还在等着他的人,只留下明之一个人在餐厅,盯着大哥的背影,玩味地笑着。

就这么一会儿，荏南又睡了过去，她实在是太累也太困了，吃饱了以后躺在软得像团云的被子里，一会儿就撑不住了，开始还是靠着，后来便不住往下滑，脑袋也跟着一点一点的，不一会儿就瘫倒在被子里了。

江庆之没有敲门直接进去了，看见的便是这么一幅小儿女贪睡的趣景，只是睡觉也不老实，身子滑下去时，连带棉被也挤得半落，手脚都只盖了一点，只有脸红扑扑的，跟熟透了的水蜜桃一样。

他悄无声息地走到床边，就这么看着囡囡，伸出了手离着一寸的距离抚过她的眉眼、鼻尖、嘴唇，却始终没有触碰到她。

她瘦了些，之前的脸软嘟嘟的，吃东西时便像小松鼠一样鼓囊囊的。囡囡骨架子生得小，是最能藏肉的，所以看起来小小的一个，其实身上软腴得很。可如今，她单薄得很，也抽条了，真的成了大姑娘。

他错过了多少，在他无法回溯的时光里发生了多少他注定缺席的小事，让他的囡囡变了模样。

从八岁之后，囡囡就没有真正离开过他一天，他哄着她入眠，给她讲故事，喝掉她喝不完的牛奶，和她跳第一支舞，就算出差也会每天通一个电话。

他从未和她分开过这么久的时间。

江庆之观察着茬南的每一寸变化，看见她瑟缩了一下，再看到落到床脚的被子，垂目微微叹了口气。无论离开他多久，囡囡还是那个需要他照顾的小姑娘。

到上班的时间了，江庆之起身，提起掉了一半的被子。

他掀开，躺了进去，将她抱进怀里。

茬南有些懵懂地从昏沉中惊醒，有些茫然地四处看着，如同一只被风雨惊醒的雏鸟。她感到有人轻轻地按住她的小脑袋，揉了揉她本就有些乱了的发丝，把她按进一个温暖的怀抱。

“睡吧。”头顶传来一个熟悉的声音，然后她真的犹如陷入摇篮，又仿佛坠落梦境，继续睡去了。

茬南回江家这件事古怪地在交际圈没有掀起波澜，想也知道是江庆之在背后施了压，可明里暗里的打探并不少，连家里的亲戚都悄摸地打听。

不少人还没忘记之前那场盛大无比的订婚宴，第二天便取消婚约，接着江家小小姐失踪了一年多，这事实在是处处透着古怪，更遑论中有门道、消息灵通的还察觉出了这段时间以来江庆之满世界在找那位小小姐，这事被强行压了下去，可聪明人都知道，冰山只要显露了一角，便代表着水面下潜藏着庞然之物。

这些暗里伸出的手，无论来自哪里，全都被斩断在江公馆二楼小阁以外。

江庆之这个人，一旦决定把一个人护在羽翼下，就连滴雨都不许落进来，连朵花也不许谢。

荏南这几日过得随意极了，像飞了很久终于归巢的燕子，盘在舒服的窝里，用翅膀盖着脑袋两耳不闻窗外事，况且有那么个人在外面，便是她自己好奇，也绝不会有机会稍闻风雨。

不管外面什么样，江公馆里都是一如往常的寂静，透过落地窗照进来的阳光将空气中旋落的微尘照得分明，木楼板上传来轻微的脚步声，一个姑娘走了进来，正打算上楼，却听见厨房里的动静，小心地往那边瞧了一眼，然后便愣住了。

厨房里，身为江家现任家长的江庆之脱了西装，挽起袖口，一只手上捧了个圆圆的面团，另一只手还时不时在上面捏一下。

女孩子不敢再看，悄悄地上了楼，来到荏南房间前，敲了敲门，半天没有回应，只好又敲了一下，这次才传来些窸窸窣窣的声音，荏南还混着些睡意的声音响起："大哥，我不要吃东西，我就想睡觉。"

开了门，荏南看到面前站着的是一头短发清清爽爽的女孩子，她的眼睛亮了起来，然后一下子扑进对方的怀里，跳着叫着："阿竹，阿竹你怎么来了！"

萧竹腼腆地笑着，任荏南把自己抱了满怀，她如今留了短发，看起来更加恬静，让人看了就觉得跟阵风吹进心里似的。

萧竹没有问荏南去了哪里，也没有打探她如今怎样，只是牵着她的手，细细看了下，才微微叹气说："瘦了，瘦了。"

荏南低头抿嘴勾了下唇，然后才抬起头来绽放出灿烂的笑，开玩笑道："那不是正好吗？正觉得以前有些胖了，如今这样才是窈窕淑女。"

话说得轻松，萧竹却明显有些担心，不过她一向体贴，见荏南并不想多说，便主动岔开了话题。

萧竹来得有些早，荏南又赖了床，所以直到现在还没吃早饭，两个人正趴在床上叽叽喳喳，又传来了几下敲门声。

荏南跟小狐狸似的转了转眼珠子，不说话，反而把头埋进枕头里闷笑，惹得萧竹在旁边不知所措，不知道是自己去开门好，还是就这么待着好。

所幸外面的人大概也是知道她这脾性，敲了几下就自己推门进来了。江庆之照样是端着那个能放在床上的小桌几，这几日荏南的早饭全是在床上吃的，什么规矩都没了。江庆之大概是铁了心要将她喂胖回去，一日三餐让张妈给她做各色吃的。荏南的胃就这么大，每每吃了些就塞不下了。于是，日日花样翻新，加上江庆之几乎是盯着她吃饭的，所以荏南一日吃得饱过一日。

江庆之看到埋在枕头里不说话的荏南和旁边明显有些无措的萧竹，眉毛都没抬一根，只是朝萧竹微微颔首，再把小桌几放到了一边，然后伸出手一下扣住荏南的腕子，另一只手护住她的背，轻轻巧巧就把她拎了起来。

萧竹明明看到荏南被拉起来时唇角翘得老高，可等转回正面抬起头来时，却抿着嘴抱怨道："你把我拉得都疼死了。"

这话说得实在无赖，江庆之明明一直托着她的背，便是握住手腕都刻意避开了关节，在萧竹看来，实在是有些……有些冤枉。

无奈苦主自己不争气，一点不想鸣冤，只是揉了揉荏南本就睡得和鸟窝大差不差的发顶，然后把小桌几搬了过来，嘱咐道："吃了早饭再玩，吃完摆在一边就好。"他说完便出去了。

萧竹和江庆之接触不多，一直是有些怕这个大名在外的江家大哥的，虽然每次看到他时，江庆之的态度算得上随和，但是他的威严不是轻易能收起来的。如今看了荏南在她大哥面前肆无忌惮的样子，萧竹悄悄打量着两个人，没有说话。

待江庆之出去了，荏南一下子从被窝里跳出来，跪在床上的小桌几前，揭开了保温的盖子，看到里面捏成小猪模样的包子，笑得眼睛都眯了起来，也不拿筷子，就这么用手抓着咬了一口。

甜甜的，是流沙馅的，她虽然喜欢吃甜的，可这几日吃了好多甜的，也有些腻了，这掺了咸蛋黄的流沙馅反而让她的胃口更好了。

荏南招呼着萧竹，说道："阿竹，一起吃吧，我们家张妈的手艺很好的，最近越来越厉害了，真的很好吃。"

萧竹看着那似曾相识的小包子，呆了一会儿，然后轻轻抿嘴笑了。

萧竹陪了荏南一整天，到了晚上两人开了小小的灯，在暖黄的灯光下说笑着，荏南将手伸到台灯下，让光流泻在她的指尖，漫无目的地浮动着。

萧竹偏头看着荏南，总觉得她这次回来哪里不一样了。她心思灵巧，当时出了那样的事情，再结合荏南一向的言行，便明白了几分，今日见了这情景，便什么疑问都没有了。可她还是有些放不下，望着荏南的侧脸，问道："荏南，你如今……幸福吗？"

少女在流转的光晕下转过头看她，然后笑了起来，露出一点小小的虎牙尖，看起来天真又动人，说道："幸福，我从没这么幸福过。"荏南转过头去，望着灯眨了眨眼，浓密的睫毛如同小扇子一样投下一点影子，抿了唇，却又忍不住翘起一点弧度，“我同你说实话吧，我早就喜欢他了，从来都只喜欢他。原来我总猜不透他到底喜不喜欢我，如果喜欢我，为什么不同我在一起。后来我知道缘由了，却觉得比不知道时更伤心。”

“可是，哪怕最伤心的时候，我也从未想过要乖乖听话，就这么放弃。我最怕的不过是他不爱我，只要他爱我，我便什么都不怕了。”

萧竹看着荏南的眼睛，那么亮，那么有神，便什么都不想说了，什么都不想劝了。她禁不住有些羡慕，羡慕荏南能这么勇敢、这么坚强，也羡慕荏南的坚持全是有回报的。

天渐渐黑了下来，荏南送萧竹出门，走到楼梯时，正碰见从外面回来的江庆之和江明之，荏南歪了歪脑袋，有些好奇这两个人什么时候一起出去的。

还没等她开口问，江明之就先开了口：“哟，小竹子来了，怎么现在就要回家了，不多玩一会儿？”

萧竹抿着唇笑了，脸上现出一个浅浅的梨涡，只有站在旁边的荏南才看得清。荏南眨了眨眼，然后转头对她二哥说：“二哥，天有些晚了，阿竹家管得严，她肯定是要回去的，你能送送她吗？”

江明之笑得倜傥，不闻那些女儿家的小心思，在楼梯下遥遥伸手，仿佛邀人共舞的英俊公子。萧竹转头看了荏南一眼，那个梨涡变得更加明显了些，然后小声和她说了句“谢谢你”，便朝着楼下的那个人走去。

荏南看着二人一起远去的背影，噙着浅浅的笑，又无比轻地叹了口气。她也不知道自己这样做是好还是坏，不过总觉得无论是好是坏，好歹是个结局，要么如愿要么放下，总好过如今这样心被吊在半空。

江庆之在楼下看着荏南出神，轻轻咳了一声，荏南这才回过神来，半咬着嘴唇，压住忍不住要翘起来的嘴角。

她最近老是如此，只是看着大哥，心里便忍不住生出欢喜。

荏南眨巴着眼从楼上“哒哒哒”往下走，走得有些急了，一下子掉了一只拖鞋下去，连忙停在了中途，禁不住觉得有些丢脸，怎么见到他就连鞋子都穿不稳了。

江庆之没有笑她，面色未变，捡起掉落到他身旁的毛绒拖鞋，抬头看着立在半途、看上去有些可怜的荏南。

他藏在金丝眼镜后的眼神变得温和了些，迈步踏上楼梯，一步步地向荏南走去，然后停在了下方几阶的地方，正好和她差不多平视。

荏南被他的目光捕获，大哥眼神里的暖意连冰冷的镜片都无法隔绝，如果不是她在那双眼睛里看到了自己的脸庞，都不知道自己什么时候笑了起来，两个傻瓜就这么一直站在那里，一直看着彼此，眼神交缠，连空气都漾出一片缱绻。

江庆之大概终于察觉两人这样站在楼梯上，而且囡囡还赤着一只脚，实在是有些傻气，微微欠了下身。

茬南想起之前大哥也曾这样低下身子为自己穿鞋，那时候她什么都不知道，为这么一点小事便很高兴。如今，她什么都知道了，还是觉得高兴。

她忍不住抬起一只脚，可没想到下一秒便离了地，江庆之直接将她横抱了起来，她有些慌乱地揽住大哥的肩膀，但其实他早就托住她的背心，将囡囡圈在怀里。

茬南和她心爱的人有过分离，如今又相聚，说过好多令人脸红的话，连少女心底最隐秘的情绪也毫无保留地告诉过他。如今，她被这样圈在他怀里，彼此的心跳声、呼吸声都在这么近的距离间无限发酵。她发丝的香气萦绕着二人，大哥衬衫下身体的温热熨烫着她，连飞起的发丝擦过皮肤都带着酥麻麻的电流感。

江庆之就这么抱着她，一步一步极稳地将囡囡带进他的房间。

江公馆要办晚宴了。

茬南离家这件事对外的口径是去澳大利亚探望和照顾养父母，因此晚宴便是以归家宴的名义举办的。由于是江家时隔许久的社交，颇引人注目，便是江庆之想办成低调些的家宴，也抵不住各方涌来的关心，堵不如疏，索性办成了一场高朋满座的盛宴。

荏南自然能想到她当时突然出走又久久不归，背后有多少猜忌，有多少人暗暗戳着她的脊梁骨。不过，荏南不是那种在意这些虚浮名声的人，倒没有往心里去，一切如常地等着那天的到来，倒是江庆之一直在旁暗暗注意着她。

荏南如今也有几分猜到她大哥的心思，因此每次注意到江庆之若有似无的余光，心里总是有几分甜。

到了那天，排场实在不小。荏南的礼服是她自己挑的，后颈往下露出一片雪肌，肩颈被夜空似的深蓝色礼服衬托得纤细动人。她抽条了许多，穿起这浓色的裙子也压得住了，多了些妩媚。

这条裙子确实让荏南想让看的那个人看到了，眼角动了动，颇为欣赏，只是在她想要上前时，江庆之轻描淡写地让她去加条披肩。

“晚上凉。”

真是个好理由呢。

荏南如今也有了些历练，没费什么劲就压下去了想往上翘的唇角，让他先下楼招呼来宾，她换好衣服就下去。

荏南加了条披肩，想了想，又从梳妆盒里找出那对耳环，看着那弯弯尖尖的耳钩，露出了一点带着怀念的微笑，随即戴了上去，打算下楼。

楼下已经有些喧嚣，交谈声叠在一起，混着乐队的试音，震动着水晶灯上溢彩的钻坠。深胡桃色的楼梯一半被照得光亮一半隐在阴影中，她一阶阶往下，深蓝色的裙摆将将扫过木制台阶，迈进光中，仿佛被吹散了云的夜空，开始有碎星闪烁。

江庆之明明还在与人寒暄，可却比谁都更早发现，他微微抬头，从金丝眼镜后看着缓缓步下的那个身影。

周围的人自然也察觉到了江庆之突然的改变，他虽然还是那副自持的样子，却莫名让人觉得柔和了一些。

荏南走到他身边，大大方方地挽住大哥的手臂，在场的都是人精，面上半分神色都没变，恰到好处地和荏南寒暄着，仿佛她从来没离家过。

过了一会儿，江庆之要去和合作方打招呼，荏南便自己到一旁去吃些东西，她拿了小小一个碟子，装了些点心，走到露台上背着人吃。

和那些老套的罗曼史电影一样，女主角躲在露台时，总是有煞风景的人没察觉，在附近说闲话。

荏南在黑暗里听着那些风言风语，什么“孤女”“有蹊跷”“指不定是为了什么才送去国外的”“小姑娘家家的从小养在身边，不知道有多少猫腻”。她趴在栏杆上，支着下巴，有些懵懂地眨着眼睛，静静地等她们说完，却没想到话真是说不尽，越说越多，越说越过分了。

好容易总算安静下来，荏南却多少有些烦了，望向庭院里的灯，却意外地发现大哥正从葡萄藤架那里走来，那处还有一个身影，远远看上去似乎是二哥。

没等荏南反应过来，江庆之先发现她，便改了方向朝她过来了。荏南看着越来越近的大哥，自己都没发觉，脸上已经有了笑意。

西装笔挺、英俊非凡的男子立在露台下，遥遥望着她，专注而真挚，他的小姑娘站在露台上，身后是熠熠流彩。

“大哥，若是我就这么跳下去，你会接住我吗？”不知道为什么，荏南突然就想这么问。

这露台虽然是连着大厅的露台，但是地基打得高，因此也不算低。

江庆之没应她，只是走近了几步，张开了手臂。

荏南禁不住笑了，笑得越来越开心，一点不顾大家闺秀的体统，笨手笨脚地爬上露台栏杆，然后大声对下面说：“大哥，接住我呀。”话音未尽便落了下去。

冰雪女王掉进了她的锡士兵的怀中，被好好收藏。

锡士兵的心不再白白地熔化在壁炉中，他终于能对心爱的人诉说愿望。

“嫁给我。”

此刻，满天星星都比不上她眼中迸发出的光芒。

半年后，江庆之大婚。江父江母特意从澳大利亚赶了回来，一家人总算久违地团聚了一场，两人都很开明，对这个二媳妇变大媳妇的尴尬境况倒没有多说什么，全然接受了。

茬南心中多少有些忐忑，对从小收养她、照顾她的江父江母是最尊敬的，也最怕让他们伤心失望，因此迎接父母时多少有些怯怯的。

江母看着她，仿佛想起了她刚刚来江家时的情景，也是如此，像只小猫似的瞪着一双大眼睛，安静地依在庆之身旁，让人禁不住想摸摸她的头，抱一抱她，告诉她，不需再害怕了。江母如此想的，也是如此做的，如同十年前那样，上前抱了抱她。

茬南在这拥抱里眼角有些酸热，不需多说些什么，有些腼腆地笑着，回抱了江母。

所有人都一副自然的模样，二哥依旧是那个风流潇洒的二哥，大哥也依然是那稳重自持的大哥，父母待她一如既往的亲切，茬南便慢慢放下心，享受这来之不易的幸福。

婚礼是西式的，自求婚后就请了法兰西的设计师，花了半年的功夫做好的婚纱，如云雾一般的纱一层层覆在她身上，比月光还要轻，拢了这么多层，如波浪一样，却依然衬托出玲珑的身段，莹洁如堆脂，精致的花纹藏在薄纱下，在眼波流转时隐隐可见。

江母进房时，看见这样的茬南，眼睛都亮了起来。她是十几岁直接从娘家嫁给青梅竹马的江父，一辈子被捧在掌心里，所以直到现在还一副天真柔软的性格。她牵起茬南的手来回转着看，笑着称赞道："囡囡真漂亮，怪不得庆之这么古怪挑剔的人都一门心思要娶你。"

荏南讷讷的，不知答什么好，红了脸，连耳朵都烧起来了，蔓延到脖颈上。江母看着笑了起来，将她按到梳妆镜前，看着镜子里垂下眼眸的荏南，突然有些担忧地问道："囡囡，你老实和妈妈说，你是真的愿意嫁给庆之的吗？不是他逼你的吧？"

荏南有些惊讶，然后笑得弯了眼，有些害羞却坚定地说道："我是真心想嫁给他的，我从小便想嫁给他，这世上我想嫁的人从来就只有他一个。"她眼睛里的光芒掩都掩不住。

"那就好，庆之从小就不爱显露心思，做事手段又深，他拍了电报过来，什么都不解释，只说他爱你，他要娶你，强硬得很，我总担心他是把自己的意思强加到你身上，如今知道你也喜欢他，我就放心了。"江母拿起梳妆台上的梳子，对她说道，"虽然如今都是西式婚礼了，不讲究这些，可是我总是希望你们俩能圆圆满满、长长久久的，就让我这老人家迷信一次。"

木梳从如云的发丝间细细梳下，江母口中柔柔念着：

"一梳梳到尾，

二梳梳到白发齐眉，

三梳梳到儿孙满地，

四梳梳到四条银笋尽标齐，

五梳翁娌和顺，

六梳夫妻相敬，

七梳福临家地，

八梳一本万利，

九梳九子连环样样，

十梳夫妻两老到白头。”

茌南的眼底沁了点亮，却没让泪落下，她在这声声祝福里始终笑着，笑得美极了。

时间到了，江父敲开了门，作为父亲，牵着茌南的手，将她送到她的新郎身边。

茌南最后看了眼镜子里的自己，看了眼她从小长大的房间，坚定地向外走去，挽着江父，迎接她的婚礼。

她从那走过无数次的楼梯上缓缓步下，仿佛又回到了来到江家的第一日，她抱着小熊，大哥抱着她，见到人便把头埋在大哥肩上不敢看，连上楼都是大哥抱着她上去的。

如今，她只要走完这阶梯，便能成为他的新娘。

楼下无数的目光望了过来，或祝福，或好奇。只有一道目光是特别的，缠着她，护着她，那么温柔而又坚定，她的新郎长身玉立，在等着她的到来，等着牵起她的手。

茌南露出了真心的笑容，走向属于她的光明未来。

江茌南于二十岁时嫁于江庆之，婚后第五年，江庆之退出商界。

彼时，其胞弟已在商界初露锋芒，后接替江庆之之位，青出于蓝。

江庆之一生几起几伏，经历复杂，功过是非，难以一言以概之。

曾有传闻江庆之辞职背后的原因，是与其夫人有关，二人成婚三年后，江夫人有孕，临近生产时却因听闻江庆之于外地遇袭而受惊难产，几经抢救才转危为安。

据说江庆之遇袭正是与他欲退出商界有关，此后更是加快了退出的脚步。

由于夫人难产伤身，夫妇一生只有一女，然二人感情甚笃，相守一生，爱独女如珍宝，其女长大后回国，成为著名的外交家，也有一段不逊于其父母的传奇爱情故事。

晚年二人移居至檀香山休养，直至去世，再未分离。

（正文完）

番外一 爱如烟花

ren nan

荏南

十九岁的萧竹看过一场烟花，一场很美的烟花。

她已经记不得当时为什么黄浦江边会燃起烟花，只记得黑暗中站在她身侧的人被照亮的脸。

流光溢彩的光打在他英俊的侧脸上，仿佛一点点被化开的彩墨，她看得有些入了迷，未发觉自己的眼里从来没有火树银花，只有一个人的身影。

那个人却看得专心，噙着一抹标志性的笑，倚在江边的栏杆上微微抬头，眉毛挑起半边，一丝发从梳得整齐的背头滑落下来搭在眉间，却丝毫不在意。

看着那黑曜的眼眸里闪着一点点烟花倒映的光斑，萧竹知道，他是真正在欣赏这美景，心无旁骛，游刃有余。

她从来都知道的。

荏南担心她，是怕她心存幻想，怕她暗自伤神、无法自拔，所以干脆推她出来，是好是坏都有个结局。可是，要什么结局呢？她从来都知道这不过是一个人的感情。

她像握了一张单程票，义无反顾地坐上不知去往何方的列车，等到沿途的风景看够了，她便会下车走回起点。一切都是她自己开始的，便是有结局，也只能是她自己决定和过去挥手告别。

她的眼神终于惊动了那人，江明之回过头来，望着她眼里似有若无的失落，微微偏了头，然后溢出一抹近似温柔的笑，屈起手指敲了下她的额头，说道："看烟花吧。"

是啊，看烟花吧，至少这烟花是好的，是美的。

萧竹学着他的样子靠在栏杆上，抬头看天空中大朵大朵绽放的火树银花，将深浓的夜空都照亮了半边，闪耀如昼。

"昨日是你的生辰？"江明之突然侧首，笑眼还含着一抹未消失的旖旎。他总是这样，天生含情，一双桃花眼，谁都能从其中找出他似乎正爱着自己的证据。

萧竹避开了他的眼神，沉默了一瞬，又抬头向他看去，笑着说道："是呀，明之哥哥你记得？"何必逃呢，总共不多的时间还全用在逃避上，不可惜吗？

"记得，你第一日来家里玩便是生日之后，荏南那时刚转校，怯生生的，你过生日分了她一块蛋糕，成了她第一个新朋友，她回来高兴疯了，非扯着家里人一起吃那块蛋糕，为了第二日你要来玩，折腾得我和大哥不得安宁。"

他讲起这些，口气中有几分怀念，不知是为了那些往日的时光，还是为了那个回不去的自己。

于是，萧竹又记起了那个午后。

爬山虎悄悄长到门上面的玻璃窗，炙热的阳光反射到上面，叶片落下的阴影添了几分阴凉。初夏的蝉已经在叫了，一声声地，放肆而欢快。

她轻轻地扣了扣门，没有人回应，等了好一会儿，才又扣了扣门，却还是无人来开门，那是她第一回单独去同学家做客，颇有些无措地愣在那里。

“你迷路了？”

萧竹突然听到上面传来个声音，抬头一看，只见二楼的窗台上坐了个少年，一条腿屈膝，一条腿垂在窗外，扣子松了三颗，袖口胡乱挽起，然而眉眼如画，天生带着三分笑意，眼角旖旎微扬，惊心动魄。

萧竹站在门廊下，就这么有些愣愣地看着他，爬山虎也爬到了那少年的窗上，一阵风吹过，在他的眉眼上落下一叶阴影，他没在意，反而笑着问她：“还是你就是囡囡说的那个好朋友？”

萧竹这才回过神来，两手紧紧交握，吸了口气，说：“我叫萧竹，是茬南的同学，你能给我开下门吗？”

少年似乎被她这一本正经的自我介绍逗乐了，低头笑了起来，好久才抬起头来，用有些惫懒、含着笑意的声音说道：

“原来是根小竹子，等着，我给你开门。”

在那以前，从没人叫过她小竹子，在那之后，也只有一个人这么叫过她。

她曾经独自一人反复咀嚼过这三个字，这给她有些苍白的青春期带来了许多隐秘的欣喜与快乐。

她从来都知道，自己只是明之快活人生中的一个碎片，可明之却构成了她少女时代的全部记忆。

二人看了一场烟花，萧竹十九岁的第一场烟花，也是二人一生中一起看过的唯一一场烟花。

多年以后，萧竹嫁作他人为妇，有了自己的家庭和事业，还生了两个十分可爱的孩子。

小女儿格外调皮，从家里的储藏室里翻出了许多东西，包括母亲成婚前的笔记本，里面写的都是些琐碎事情，只有十九岁生日过后那日的记录里什么都没有，只夹了张剪报——“为庆贺华东展览会于沪顺利落幕，黄浦江畔燃起烟花”，黑白报纸上的油墨已经有些褪色，但那夜绚丽的烟花被永远凝固在了黑白照片上。

小女儿拿着笔记本去献宝，问道：“妈妈，你为什么当时要剪这个呀？”

萧竹接过，愣了一下，微微笑着，回答道：“妈妈觉得那夜的烟花很美，所以就剪下来做纪念。”

正巧她丈夫回来了，带了点心，两个孩子立刻成了粘皮糖扑了过去，她笑着合上了笔记本，也去迎接她的爱人。

荏南在萧竹结婚前夕回国探望过她。当时，江明之已经是炙手可热的年轻商界新秀，身边的人亦络绎不绝。

荏南问她可曾怨过二哥，也说自己有些后悔，不该将二人凑做对，白白让她伤心。

萧竹却一如既往笑得恬静，良久才说道："我不怨他，也不怨你。这从来都是我一个人的故事，无论如何，那夜放过的烟花不是假的，我看见烟花的开心也不是假的，这便够了。"

这便够了。

十九岁第一日那夜的烟花被她偷偷剪下，凭爱意私有，永不褪色。

番外二 生日

ren nan

茬南的生日一向是家里上心的大事。

相较起来，两兄弟的生日都过得简约多了，几乎都是家里人一起吃顿饭，连个蛋糕都不会买。

茬南则不一样，她的生日是要提前一个月便准备起来的。十二年前，也是茬南到江家的第一年，江先生出面包下了上海最热闹的游乐园，让茬南和学校的同学们玩了个痛快。

江庆之那时尚在读书，也专门请了一日的假去陪她。明之彼时已经十一岁，上海的游乐园哪个都玩腻了，刚到便想找借口溜走，被他大哥抓了个正着，只得百无聊赖地跟在一旁看着那群小女孩叽叽喳喳。

若是再大几岁的明之，大概对于群芳环绕会更享受些，可那时他正是招猫逗狗的年纪，尚未体会到娇娇软软的女孩子有何好处，不过都是还不到自己胸口的一群小萝卜头罢了。

明之眼睛一转就是一个主意，捡了几颗石子，趁他大哥不注意的时候，往荏南脚边的水坑扔，溅起的水花让荏南迈不开步子，穿的小红皮鞋也被弄湿了。

荏南鼓起嘴巴，却憋着没有哭，就这么气呼呼地跟条小金鱼一样瞪着江明之，他反而越发来劲，扔得正欢，突然头上被敲了个正着。江明之不用转头就知道肯定是大哥又来“主持公道”，于是笑着收了手。

荏南看他停了，立刻“噔噔噔”地跑到大哥身后，小小的手紧紧抓住庆之的尾指，整个人就差跟无尾熊一样吊在他身上了。

庆之低下头看向囡囡，她察觉到那目光，立刻撇着嘴，脸皱得和小笼包一样，然后低了头，红皮鞋的鞋头互相抵着，皮鞋上的湿痕清晰可见。这小皮鞋是江庆之给她买的，荏南珍惜得很，平时只差抱在怀里睡觉，今天生日才舍得穿，等她再抬头，眼睛里已经含了一大颗眼泪。

明之看着这千娇万宠的小小姐如今一副“孤星泪”的模样，心中就暗叫不好，趁大哥还被这小八爪鱼缠住，立刻跑开了，远离大哥能触及的距离。

江庆之淡淡瞥了他一眼，又看了看把自己的手指握得死紧的荏南，叹了口气，俯身将囡囡抱了起来，架在自己臂弯上，单手托着，另一只手拿了手帕，将小红皮鞋擦得干干净净。

荏南坐在大哥怀里，一下子看得好高好远，天上全是大朵大朵的云，看上去好像游乐园里贩卖的棉花糖，太阳正好，把一切都镀上了一道雾蒙蒙的金光。远处的旋转木马交错着前行，每一处都如此光明灿烂。

她将头埋进大哥的怀中，紧紧抱着他的脖子，细软的绒发蹭在少年的脖子上，如同春天的柳絮被风吹着拂过面颊的感觉。江庆之以为她怕生，安抚似的拍了拍她的背，哄着她，一直没放下来。

于是，江荏南到江家的第一个生日便是在江庆之怀里过的。

一开始，明之还刮着脸做羞羞状调笑囡囡几句，可他刚说完“这么大了还要人抱，囡囡你害不害臊啊”，荏南的嘴就嘟得可以挂油瓶，揽着她大哥的脖子左右扭成根活麻花。

江庆之的眼神斜了过来，明之便挑着眉毛闭嘴了。

轻柔的窗帘被夏日柔和的风吹得微动，白纱起伏间的波影流转漏下的光晕拂过男子如画的眉眼，桃花眼半挑，眼睫微垂，视线往下望着手里的照片。照片上是一群孩子，个子高些的半大小子，中间站了一位戴眼镜的青年，抱着一个小姑娘，所有人都笑得开怀，连那青年的目光都那么柔和，他怀里的小姑娘还趁机偷偷亲了下青年的侧脸。

这一幕被镜头永远定格下来。

“二哥，你在看什么呢？”旁边传来轻柔的女声，同时一个顶着乱蓬蓬头发的脑袋挤了过来。

江明之不慌不忙地将照片放回壁炉上，颇有些嫌弃地将那个凑过来的脑袋推开几寸，调笑道："在看江家小小姐来家里的第一个生日啊，哦，不对，如今已经是江夫人了。如今您这婚后的第一个生日打算怎么过呀，大嫂？"最后两个字他故意拖得又长又重，摆明了戏弄她。

荏南又微微噘了嘴，不理他这赖皮鬼。婚礼后，荏南依旧没有改口，在家里还是大哥二哥地叫，江明之便次次都拿这个称呼开她玩笑。

她狠狠地剜了他一眼，也拖长了调子，说道："该吃饭了，我是奉命来叫你的，快别贫嘴了。"她说完便自顾自跑开了。

江明之斗嘴赢了，在后面笑得成了狐狸，也跟了上去。

身后照片中，笑容灿烂。

荏南嫁给江庆之后的第一个生日马上要到了。

她上个生日是一个人在贵州孤零零过的，再上一年生日则闹了好大一番阵仗，将江家搅了个天翻地覆，如今这个生日总算该消停些了。

江庆之在这上面惯来是宠着她的，从小到大各式礼物翻着花样地送，法兰西的红裙子、伊朗尼沙普尔地区最好的绿松石、香港新出的玫瑰粉，不一而足。她十六岁时，江庆之还去林场挑了几块好木头，一点未假手于人，动手给她做了梳妆台，原来一直摆在她的房间里，二人成婚后就搬到了夫妻的卧房中。

除了惯例的生日礼物，荏南每年吹灭生日蛋糕的蜡烛后都会许下千奇百怪又妙趣横生的愿望，从不想吃胡萝卜到一个月不做拉丁文作业，到大哥晚上不许加班太晚错过给她讲故事的时间，或是她要把头发剪到耳根，谁都不许拦着，再到要二哥再也不许招惹她同校的女同学，她可不想当那传信的丘比特。荏南基本上将每年的生日作为提出无理要求的机会使用，每一次江庆之都依着她，偶尔江明之不愿意遵从的，也都在江庆之的单独“恳谈”后妥协了。

不过，大概是从小到大都未曾说出口的第三个愿望如今已经实现，又或许是成婚后到底沉稳了许多，荏南今年不想再弄那些阵仗，只想与丈夫安安静静地过一个生日。

生辰当天，主人公睡到了三竿，太阳将柔软的蚕被烘得暖洋洋的，仿佛被烤化的冰淇淋一般，荏南就埋在这团云里，丝薄的被面贴着肌肤，亲人得很。她在这夏日的阳光里蹬出一双光滑的小腿，泛着如珍珠似的光泽，小巧的踝骨勾勒出玲珑的曲线，让人看了便忍不住握一握。

一只骨节分明的手抚了上去，就这么轻巧巧地托住纤细的脚踝，在掌心把玩着。那只手的掌丘处都是茧，就这么尽情地亲近着，如同砂纸打磨玉器，危险又旖旎。

梦中的少女便在这样的亲近中醒了过来，尚且睡眼惺忪，一派朦胧昏沉，浓密的眼睫微微垂拢，软嘟嘟的脸颊镀上一层薄薄的粉色，似海棠贪睡，又如夏莲初醒。

大概是阳光太耀眼了些，娇娇儿轻轻睨了一眼来人，便又伏倒在松软的枕头上。她如今胆子也大了，轻轻踹了他一下。

江庆之拽着那小小的脚踝，低声问道："不听话？"也不说是哪样不听话，是现在还赖在床上，还是贪凉就这么睡下，还是长了本事居然敢踹他了？

荏南还有些呆，慢吞吞地眨了眨眼，才翻转着趴在松软的被子里，散开的长发披在背上，乌发衬得雪肌越发惊心动魄，嘴上却避重就轻道："谁叫你昨夜不回来的？"

明明是在外地连着开了三天的会议，江庆之硬是在最后一天开了一夜的车赶回来，到这个小没良心的嘴里却连点苦劳都没有，好在江庆之从不在口头上计较，只拖了她便往自己这边带。

荏南这才求饶，边喘边娇笑着说："今日可是我的生辰，你可不能欺负我，都得听我的，否则便再也不理你了。"

他停了手，静待下文，荏南得了暂时的自由，望着他那深沉的目光，一时却不知道该让他如何听自己的。都怪他，这几天一直在外面，她光顾着想他了，都没来得及好好想想该要个什么礼物。

荏南昨夜睡得久了，如今刚醒，连思维都是直来直去不懂拐弯，望着他托着自己脚踝的手，冲口而出："我要今日一步都不沾地。"

江庆之眉毛都没动，镜片下，眼角飞起一丝几不可见的笑纹，随即起身将温香软玉从丝被中捞起，全数拢进自己的怀里。

江庆之将她放到梳妆台前的高凳上，站到她身后，指尖抚过她的后颈，将她如雾的发尽数收拢到掌中。

他以指为梳，修长的手指在发丝间穿梭着，丝丝缕缕的微涩感绕在他指尖磨着，似无意的撒娇。发丝是凉的，掌心却是热的，就这么交缠着，流连难尽。

荏南感觉到发丝微微被拉扯，他微热的手指时不时触到她的耳根和后颈，一触即离，让人摸不清道不明。

她闭上眼睛，耳边是窸窣的摩擦声，那间或触及的指尖如同点水的蜻蜓，在波心投下一纹缱绻的痕，耳尖就这么热了起来，爬上绯色。

江庆之加快了动作，轻柔又坚定地将曼丽的发丝盘在脑后，用手指卷出个曲度，系出婉转的发绕。

他执了眉笔，让她侧过身来，面向自己，细密的笔尖落到眉上，蜿蜒出细细一条线，提起复落下，缠缠绵绵，纠叠不休，每一笔皆是情意，哪一处不无相思。

他用手指捻了口红，直起身来，居高临下地命令道："张嘴。"

待他终于涂抹好，镜中少女眉似远黛拢雾，眼有星辰醉人，眼角飞起一抹绯色，唇色浓艳，一派情动之态。

江庆之就这么对着镜子静静地欣赏着，目光如有实物，灼热地扫过她的倒影，如同细密的针轻柔而危险地滑过，让人不知该逃开还是迎上去。

今年，囡囡照样实现了她的生日愿望，后来的半天都在床上昏睡，直到午后才终于清醒，被抱着下楼吃了她的生日蛋糕。她还有些迷糊，因此没有发现，此时，她的无名指上多了一点闪亮。

那个深蓝色丝绒盒子里的礼物，在衣柜的抽屉里沉睡了两年之后，终于找到了主人。

番外三 月亮落怀

ren nan

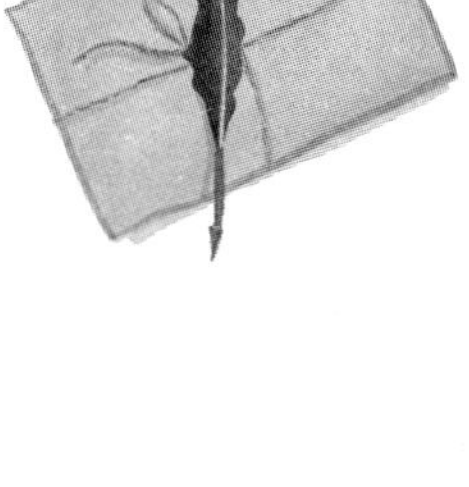

自荏南记事起，江庆之就是阿爹口中这一辈里“最出色的青年人”，只是这个出色的青年人一直在外读书，她见得不多，只在阿爹同江伯父谈论起他时才半懂不懂地听一耳朵。

有一回去江家吃饭时，恰逢庆之寄来家书，饭桌上，看着信纸上端方工整又笔酣墨饱的字，荏南父亲忍不住夸了一句：“庆之这孩子看起来温和又知礼，话也不多，没有一点骄矜的傲气，但内里是有主意的人，才这个年纪就事事都要握在自己手里，就和这字一样，不逾矩一分，却内含风骨，小小年纪，难得。”

江伯父笑着叹了一句：“这小子平日里不显山不露水，自小就没让我与阿鸢操过一点心，阿鸢都常同我开玩笑，说这不是给我们生了个儿子，是给老二生了个爹，他一直这么懂事，所以到了读书的时候才把我气得半死。”

茬南父亲像是想起当日情景，禁不住跟着说道：“是啊，庆之才板凳高的时候，阿兄就请了名师教习，更是亲自持了竹戒尺在旁看了好一段时间，直到发现他是个能坐得住的孩子才没再守着。结果到了正式上学的日子，庆之却非要出省去上学，你和嫂子都吓了一大跳。”

江伯父看着手里的信，摇摇头道：“我也不是什么老古板，如今风云变幻，我自然知道其中的厉害，我俩都是上过那新学堂的，可他要去的哪是普通地方，那里面的老师个个都有来头，我怎么放心他去。”

茬南只听见阿爹大笑一声，说道：“你再不放心，庆之也总有办法叫你同意的。”

果然，江伯父听了也笑着摇头，状似叹息，实则自豪，说道：“他跑到我面前，生平第一次说了那么一大箩筐的话，最后只问我，这书究竟是为了什么而读，是为了在亲戚面前夸耀，还是为了在俗世里挣个名头，抑或是真真正正做出些事业来。如今这浊世，若还只想着走以往最保险的那条路，若还不愿踏上这实地，踩到泥地里，是决计不能闯出一番天地的，这新的路，你走得，我走得，为何他走不得。”

“好！好孩子！”茬南父亲到底年轻些，血性也重，听到这番少年志气，怎能不动容。

茬南此时还听不懂什么叫作浊世，什么叫天地，更不知道江庆之的这份志气日后会叫她如何吃尽苦头难罢手，又如何心怀爱意不能休。

小小的荏南如今被阿爹抱在怀中，她也刚比板凳高，只露出个脑袋在桌上，规规矩矩地想用筷子去夹糖藕，糖藕还没进口，就听见父亲在夸别人是好孩子，于是有些疑惑地开口问道："阿爹，我跟哥哥谁更好？我才是最乖的好孩子，对不对？"

这番争宠一样的话叫大人都哈哈大笑起来，阿爹刮了刮荏南的鼻尖，笑着哄道："阿爹只有你一个女儿，就你一个掌上明珠，宝贝。"

江伯母笑得打跌，跟着起哄道："别别别，我们家有两个儿子，一个是万事藏心里的闷葫芦，一个是天天只想着往外跑的偏心眼，你爱哪个随便挑，把你家贴心小棉袄换给我做女儿，正好！"

还不待大人反应，荏南一头扎进父亲怀里，怯生生地露了双眼睛，一双小手紧紧地环住父亲的肩膀，叫了声"阿爹"。

阿爹连忙搂住了自家的亲亲小女儿，搂得紧紧的，说道："不换不换，囡囡一直是阿爹的囡囡，做阿爹的小尾巴。"

他又抬头同江家阿嫂说："我家囡囡吃醋得紧，怕是换不了了，大嫂白送我一个儿子还差不多，我也不挑，江家两个栋梁哪个给我，我都吃不了亏。"

江伯父笑着拍了他一下，戏言道：“白送，想得美，若要送个儿子给你，你也得还个女儿给我，咱俩本就亲近，不如以后做亲家，我那小儿子虽然顽劣，但心还算善，比囡囡痴长三岁，以后肯定能多疼顾些囡囡。”

虽是玩笑话，却也掺了几分真心，茌南父亲并没有直接应承，这个女儿是他自己亲手带大的，自是千疼万疼，不想早早为她订下终身。他自己经历的是新式的自由恋爱，找的是心中的意中人，虽然夫人早逝，留他一个人拉扯女儿，但是他此生从未后悔，反而庆幸能有此姻缘，方知什么叫心心相许、终身不移，所以希望女儿也能遇见自己真正中意的人，而非盲婚哑嫁的包办婚姻。

因此，茌南父亲只是笑着说：“孩子们都小，胡乱玩闹在一起，不懂事的年纪才最开心，将来的事还没影呢。”毕竟两家关系亲厚，他也不想把话说死，又补了句玩笑话，“若要论岁数，庆之大他俩那么多，人又稳重，大嫂也说这不是生了个儿子，反而是给老二生了个爹，要论疼人，怕也是庆之更会疼人些。”

这混账话叫在场几人都笑起来，江伯父更是笑着捶了自己这义弟一拳，知道他是拿话岔开这事，于是便打算将话撂开。

此时，阿爹怀里的小小囡囡却开了口：“那我要和庆之哥哥玩。”

几个大人愣了一下，接着都被逗乐了，江伯母更是逗她道："囡囡不怕庆之那个硬邦邦的大石头吗？一天天都是那个正经样，我看了都觉得堵得慌，囡囡可别被闷坏了。"

江伯父也起了几分兴致，问道："囡囡为什么要选庆之啊？"

荏南乖乖坐在父亲的怀里，手上还夹着咬了半截的糖藕，糖藕上浅浅一道牙印。她规规矩矩地把糖藕吃掉，又规规矩矩地把筷子放好，还费心把两头对整齐，咽掉嘴里的糖藕，才清清楚楚地开口。

"庆之哥哥生得好看。"还不待大人反应，她又认真说了一句，"像月亮一样好看。"

童言无忌，却让大人哄堂大笑起来，荏南父亲又气又笑地点了点自家囡囡的额头，笑骂道："这是个眼皮子浅的，只瞧得着好看和不好看了，你庆之哥哥学问好、为人好，样样都好，你得多学学。"

江伯母却唱了反调，道："你们男儿家不也喜欢瞧姑娘们的相貌吗？怎的我们就不能学学你们的做派？"她又朝着荏南说，"囡囡，莫听你父亲的，这男人生得好看顶顶重要，光是瞧着都能多吃下一碗饭。"

荏南点点头，瞧着比父亲给她启蒙《千字文》时还要认真几分。

这事被当作笑谈，随着唱片机里悠悠颤颤的歌声一同散在晚风里，谁也不知道茬南真的记下了。

记下了如明月般的江庆之。

那日散后，阿爹带着茬南回家，二人坐在轿车里听着窗外的车水马龙，此时正值晚市欲散，还有迟归的行人匆匆忙忙地扫荡些吃食回家打发。因着人潮来往，车开得并不快，茬南从车窗缝里望出去，恰好瞧见一着长衫的中年人从旁边经过，手里提着条半死不活的鱼，口中吹着小调，显见是刚从晚市捡了漏，打算回家好好烧些鲜食饱口腹。

茬南听那小调新鲜，脑袋瓜也往车窗越靠越近，下巴刚要搭上去，就被自家阿爹揪了那根扎得歪歪扭扭的小辫子，茬南连忙回头，一双还没蟹粉小笼大的手硬是要掰开阿爹的指头。

“阿爹欺负囡囡，囡囡的辫子歪，要更歪了。”

她年纪还小，话说得有些颠三倒四又含含糊糊，可自小把她带大的阿爹却听得懂，见她生了些脾气，反而更要来逗她。

“囡囡的辫子都是阿爹扎的，平日里也没嫌阿爹弄得歪，今天怎这样在意？”他说完又做恍然大悟样，说道，“想是今日听了江伯母的话，晓得爱俏了，阿爹还以为起码要等你再长大些才会分辨美丑，没想到还没桌子腿高就知道挑好看的了。”

茬南看向阿爹，认真地说：“囡囡有眼睛，囡囡知道。”

阿爹被这童言稚语逗得大笑，轻轻捏了捏荏南的耳垂，说道：“那在囡囡眼里，谁生得最好看，庆之哥哥吗？”

这次荏南没有立刻回答，半垂下头，眼睫如幼鸟的尾羽，投下一小片阴影，半晌，才说了一句话。

“阿妈。”

“在囡囡眼里，阿妈好看，最好看。”

车里安静下来，只剩下从窗外折射进来的霓虹流转，将昏暗的车内照得忽明忽暗，阿爹的面容隐在那片阴影里，瞧不清楚，只有浅浅的呼吸起伏着。

荏南毕竟小，看着突然陷入沉默的阿爹，有些不知所措，她直觉自己似乎做错了什么，却又不知道到底做错了什么，正惴惴不安时，被阿爹抱了满怀。

“你阿妈是世界上最最好看的，也最最勇敢、最最心善的人。”

荏南瞧不清阿爹的面貌，只能听见他的声音沉了下来，仿佛被夜里的晚风染得潮湿而温柔，隔着这么多年的岁月，将回忆吹进这小小的车厢。

“当时，阿爹刚来城里念书，连套体面的衣裳都没有，除了你江伯父，没什么人瞧得起我。学校里的公子哥丢了银钱，第一个就疑到了我头上，我不屑辩解，眼瞧就要被赶出去，你阿妈像个女神探一样，风风火火地冲出来，找回了钱，也替我洗清了名誉。”

“你阿妈生得好看，家境也好，所有人都觉得我这个穷酸小子配不上她，可只要她眼里有我，心里有我，我便什么都不怕，一门心思要同她过一辈子。”

“我是有福气的，虽然只得了她几年的陪伴，但是有那几年的记忆，有囡囡，我就觉得这辈子都不算白过。”

荏南似乎没听懂，又似乎听懂了，伸出短短圆圆的手指，学着阿爹平日里哄她的模样，轻轻拍了拍他的肩，说道：“阿爹莫伤心，囡囡疼你。”

“阿爹第……第……”荏南还不太会数数，说了半天也不知道是第几，最后掰着手指头来回算，才终于翘了三根短指头，对着阿爹说道，“这么多好看。”

阿爹被逗笑了，一下冲淡了原本有些沉重的氛围，用手握住囡囡圆圆的手掌，将她的指头包在掌心，问道：“怎么才第三，比不过你阿妈好看就算了，还有谁是你阿爹这样俊俏英朗的男子都比不过的？”接着，他又故意叹道，“难道是庆之，阿爹还没有庆之好看吗？”

这回孝顺囡囡却叫他失望了，磕磕巴巴地说起了真心话：“庆之哥哥，好看。”

如此老实又直白地承认，倒真叫阿爹有些吃惊，他觉得有些好笑，又不愿敷衍孩子，于是低头认真地问道：“囡囡真这么喜欢庆之哥哥？可他大你那么多，性子也沉，你见他的机会都不多，平日里怕是玩不到一块。”

荏南的手指戳上自己的肉脸蛋，她歪着头想了一会儿，才回答阿爹的问题。

“囡囡在树上，下不来，庆之哥哥骑大马，才下来。”

“还有……还有……囡囡吃蛋糕，庆之哥哥给草莓。”

“囡囡摔跤，脚痛，庆之哥哥背囡囡。”

从这些稚嫩的只言片语里，荏南父亲才了解到那个看似老成持重的后辈与自家小囡囡相处时柔软的一面。

他有些吃惊，想起今日酒桌上的戏言，心中不由一动。然而，他随即又笑了下，暗暗自嘲地想：怎么把小儿间的玩笑话当真，庆之同自家囡囡的年岁差得大，性子也不相投，自己估计还要牵着囡囡去吃庆之的酒席呢，待囡囡长大，庆之的孩子怕都要会走路了。

然而，此时的阿爹也未预料到，庆之并未如其父母计划那样早早成婚生子，而他自己也并未有机会看到囡囡长大成人。

晚风继续吹，吹得游人散，囡囡在阿爹温暖的怀抱里，随着汽车轧过电车轨道一起一伏地颠簸着，享受着她童年最后的无忧无虑。

几年后，风云变幻，换了新天地，囡囡也在这番新天地里失去了唯一的亲人。

葬礼潦草，兵荒马乱，所谓亲戚群狼环伺，只剩一个小囡囡，抱着她的熊娃娃，紧紧抱着不肯说话，一个字都不肯说。

直到江庆之来了。

他风尘仆仆地从外地回来，替病榻上伤重的父亲撑起江家，也替失怙的囡囡震慑那群各怀鬼胎的亲戚，将囡囡纳入羽翼下，妥善保护。

这一护，便是一生。

在很久很久之后的一个下午，小女儿念华不知躲在了哪里，家里的娘姨和小大姐四处都找不到，先生还未回来，娘姨只好惴惴不安地去请示太太。

茬南将平日里女儿爱躲的地方找了个遍，又拿了吃食诱惑，从邵万生的青团到青岛路的莫尔登糖栗，样样都是念华最爱吃的，却依然没把小囡囡引诱出来。

娘姨越发着急，茬南却沉思了一下，然后转身上了二楼，进了藏书室。

刚一靠近，果然看见其中一个书柜被挪开了一点点距离，她叹了口气，轻轻唤道："囡囡？"

果然，下一刻茬南便听见了小女儿如幼鸟一样的低泣声，提着嗓音叫着"妈妈，妈妈"，她心中有些气又有些心疼，应声说着"囡囡别怕"，上手将沉重的书柜又推开了些距离，从窗户透进来的光终于刺进了这个被遮掩住的角落，印在女儿花猫样的脸上，懵懂的黑眼睛半浴着光，半隐在暗处，写满了依恋和信任。荏南心中一动，忽然想到，原来自己当时是这个模样。

有了这个更大的缝隙，念华总算能从那道缝里挤出来，一下扑进母亲的怀里，将眼泪鼻涕全抹在了荏南的旗袍上，荏南一边用手理顺小囡囡乱糟糟的辫子，一边拿着手绢将小囡的脸擦干净。

“妈妈，囡囡怕，囡囡出不来，可以进去的，但出不来。”她边说边又掉了颗金豆豆，荏南将那滴泪用帕子吸干，才将女儿说不清楚的话给补完了。

“你瞧见这儿有条缝可以钻，就试着挤进去了，结果进去之后才发现出不来了，对吗？”

小囡点头如捣蒜，脸上还带着些不解和惊慌。

荏南瞧着，忍不住露了点笑，手指点了点小囡的额头，牵着她到了那书柜旁，蹲下来与小囡齐平，才指着那条缝对她说：“这后面原来有个壁炉，后来这房间改成藏书室，壁炉就废置不用了，前面挡了柜子，但这边的缝隙正好够你这个小人钻进去。不过从外面钻进去时你身后宽阔，方便动作，等到了里面，卡在这壁炉里不好转身挪动，自然就难出得来了，懂了吗？”

念华似懂非懂，有些呆愣地点点头，随即看向母亲，有些委屈地说道：“囡囡叫了好久都没人来。”

苒南笑了下，说道："这里在走廊尽头，你的声音被柜子挡了传不出去，这房间就这些柜子，打开门就一览无余，她们看了一圈没见着人，自然以为你不在这里，不是故意不理囡囡的。"

这番话叫念华不那么伤心了，她吸了吸鼻子，又抬头看母亲，问道："那妈妈是怎么知道的呢？"

囡囡的话只讲了半截，但苒南懂女儿的意思，瞧她这可怜模样，忍不住凑过去碰了下她鼻尖，看着那双与她父亲十分相似的眼睛，轻轻笑弯了眼，说道："因为妈妈小时候也这样困在这里过。"

"那妈妈哭鼻子了吗？"

"哭了呀，妈妈哭得鼻子都不通气了。"

囡囡轻轻歪着头，看着苒南，然后伸手在苒南脸上刮了刮，一下笑起来，说道："妈妈羞羞。"接着，她又好奇地问道，"那妈妈是怎么出来的？"

苒南同样伸手在女儿肉乎乎的脸蛋上刮了刮，声音里带上了一些摸不着的温柔，轻声道："是爸爸找到妈妈的。"

"那时候已经晚了，房间里没开灯，什么都看不见，我哭哑了嗓子，发不出声音，后来实在累了，就在那壁炉里蜷缩着睡着了。"

"等听到声音睁开眼，妈妈就看见了光，是透过窗子照进来的月光，爸爸站在月光里，就把妈妈救出来了。"

这便是荏南记忆中与江庆之的第一次见面，从那时起，他就是月亮，她一个人的月亮。

等荏南牵着小囡下楼，正好碰见江庆之回来，小囡当即便要扑过去撒娇卖痴，却被江庆之伸手抵住了额头，将小女儿隔开些距离。他身上还带着外头的寒气，等把身上大衣交给娘姨，又将皮手套脱下来，双手掌心相对摩擦了会儿，等指尖都暖起来了，才蹲下来将小女儿抱了起来。

自从荏南生产时伤了身体，每到冬日公馆里的暖气就烧得格外足，小囡也被烘得热乎乎的。江庆之怕身上的寒气冻着小囡，所以总是等身上暖和了才肯抱她。

他将小囡一下子举高抛了起来，她也丝毫不怕，在半空中咯咯地笑着，等终于落回父亲的怀抱时，一下子伸手搂住了他的肩膀，脸上满是笑，如在这温暖之地绽放的第一朵春花，柔软、稚嫩又明亮。

江庆之身上残余的那些北风吹来的冷硬都融在了小女儿的笑涡里。囡囡惯例要去抓他的金丝眼镜，他任由小囡抓了一会儿，才从她肉乎乎的手指里将眼镜拿过来重新戴上。

荏南让他们父女闹了一会儿，才走过去将小囡接了过来，随口问道："今日可还顺利？"

江庆之略一颔首，答道："印则是我一手提拔起来的，忠心是有的，能力也是有的，自然也有傲气，有骨气的人，光靠个名头是弹压不住的。我今日不过是给明之搭个梯子，要如何收服，得瞧他自己的本事了。”

茬南瞧他这样子，忍不住笑了，说了一句：“莫瞧不起二哥，二哥的本事你可是亲自见识过的。”

说到这里，她便感觉到庆之的眼神从镜片后隐隐凝了过来，换作以前的茬南，怕是要心里慌上几分，如今的茬南早已成竹在胸，只笑着亲了亲怀中的小囡便往饭厅走去，转身时还不忘嗔了庆之一眼。

江庆之瞧着茬南和小囡相对的笑颜，不自觉地放柔了眉眼，跟着一起走进这热热闹闹的凡俗烟火中。

客厅里落地钟的黄铜指针尖走向“X”时，江公馆落了灯。

茬南早将洗得干净的小女儿送上了床，看着她陷在一团云一样的绒被里，心中软塌一角，在小囡肉乎乎的脸蛋上亲了又亲，才小心地下床回了房间。

她回到房间时，庆之还在书房，直到临近午夜，他才终于回房。茬南靠着层层叠叠的软垫，已经半睡过去，庆之将动作放得极轻，洗漱时都没吵醒茬南，直到他要躺下，床垫微微下沉才终于让茬南清醒过来。

“你回来了？”

她声音里还带着些睡梦中的松弛，仿佛吃了醉葡萄的松鼠，晕晕乎乎地朝着他露出了柔软的肚皮。

“吵醒你了，无事，快睡吧。”江庆之将荏南散落在颊边的一束发挽到她耳后，手随即落到了她背后，轻轻拍着，仿佛哄小儿一般。荏南小时候他便是这样哄睡的，如今做了夫妻也还是这些花样。

荏南转了下身，埋在枕头里闷着笑了，刚被挽好的发又乱了起来，她不在意，撒娇一样问道：“你把我当小囡了啊？”

停在她背上的手顿了一下，悬在半空，过了一会儿才又落了下去，如刚才一般轻轻地拍着。

“你便是我的囡囡。”

“自小就是。”

“以后老了，走不动了，还是我的囡囡。”

他说话时声音并不高，反倒沉了下来，落在这冷冬的夜里，被这暖室里的热气烘得带了温度，为她覆上一层羽翼。

荏南在这纵容里笑弯了眉眼，在黑暗中摸索着握住庆之的手，一双眼睛瞧向他，轻轻地叫了声。

“大哥。”

“我就做你一辈子的囡囡。”

江庆之并未再说什么，只是伸手回握住她的手，说道：“睡吧，我陪着你。”

待他躺下来，荏南却有些过了困劲，反倒用手半撑起来，一双眼睛在黑夜里闪着碎光，看着江庆之的侧影，同他扯起了闲篇。

“今日是二哥请你去帮他的？”荏南问道。

“嗯。”江庆之答得简略，见荏南还歪着头看自己，便知她还在等着下文，于是又说得细了些，“他胃口大，手段却粗了些，折腾了几次，倒也有了批心腹，只是我埋进去的钉子自然不会让他如此容易就拔出来。”

“好在他自小的优点便是会变通，自己不好动手，便来请我去敲打。”

荏南笑得开怀，道：“二哥自是能屈能伸的，小时候你管他管那么严，前一日吃了你一顿打，第二日便能为了与女同学出游的零用再贴上来，你莫小觑了这等本事。”

她又想了想，忽然压低了声音，带着笑意问道：“你前几年便在准备着让他接手，若真有心，怎会有你拔不出的钉子？你是故意的吧，故意叫二哥吃瘪。”

江庆之的眼神掩在金丝眼镜的反光之下，叫人瞧不出心思。这一瞬间，他仿佛又变回了那个在商场上叱咤风云的上位者。

“权力这东西，从来只能靠自己争来，让是让不了的。我便是给了他，若他握不住，也只会成为他的催命符。”

“他既然有这个野心，那就得靠自己把这位子坐稳了才行。”

话虽说得决绝，可荏南知道大哥这坚硬的外壳下藏着的心，她将他的指尖握得更紧，才说："你虽这么说，可今日还是去帮他了，不是吗？说到底，你不过是想亲自瞧着二哥历练出来，若真有什么事，你也能替他周全一二，护他平安。"

囡囡自小得了大哥最多的偏宠，所以也最了解大哥的私心。

"这不同。"江庆之轻描淡写地带了过去，"我给他的，那是我的施舍，他用我压制旧部，那是他的手段。"

"是是是，大哥说得都对。"荏南一副鬼精灵的模样，干脆顺着他的话说了下去，"二哥这么厉害，天生便是这块料，定能成就一番大业。"

然而，这话却换来了江庆之的一眼，这一眼比夜风还轻，却像春日前的冰面，藏着涌动的暗流，只一瞥便转开了眼神，抬手将腕上的表取了下来，冰凉的金属表扣反射着台灯的微光，与手表叩在木桌上的声音一同响起的是江庆之轻描淡写的一问："错失大才，惜否？"

荏南愣了好一会儿，才终于从这文绉绉的话里咂摸出些酸味来，顿时笑得眯了眼，也顾不得如今自己已为人母了，一下子朝大哥怀里扑了过去，心里、眼里满是小女儿情怀。

"不惜，我不惜，管他什么大才，易求无价宝，难得有情郎，从头到尾我要嫁的，想嫁的，该嫁的，都只有你。"她在他怀里抬起头，一双眼睛闪闪的。

接着，她却被蒙了眼睛，视线一片昏暗，只在他掌心的温暖中感受到轻轻落在自己额头的一个吻，她握住他的手拉了下来，

“大哥，你总是什么都不说，什么都不露，以前骗得我以为你心里没有我，后来骗得我以为你从来不会吃醋。”

“可你到底骗不过囡囡的。”

荏南忽然笑了，眼里浮现出一点顽劣，整个人沐在一片朦胧的晚光里，看上去仿佛又变回了那个表面乖巧爱娇、内里倔强放肆的少女。

“你若在意这个，我可以告诉你一个秘密。”

她手指轻轻勾了勾，便让从来都高高在上、无人可颐指气使的江庆之心甘情愿地靠了过去。荏南笑得眼睛眯成了弯月，纤弱的睫毛中露出一点狡黠的光。

“我的第一个未婚夫不是二哥，是你。”

荏南从来看似柔弱，如同山间的一朵白木棉，纯洁又无害，风吹得倒，雨打得散，可只有最亲近的人才知道被她窥伺人心、踩中逆鳞的滋味。她知道，大哥并没有看上去这样云淡风轻，即便像他这样尽握世事、遍经波折的人，也亲手递了这软肋到她手里，越是爱她，才越是介意。

江庆之一身风骨，傲雪凌霜，泰山崩于前面不变色，心里最大的隐忧却是一件难以道出口的小事，如同一根嵌入脊骨的细刺，并不十分疼痛，却总在行止起卧间时时提

醒着他。

他并非囡囡的良配。

镜片后的眼神变得莫测，了解大哥到了骨头里的荏南晓得他并非毫不动摇，哪怕他被自己握在掌心中的那只手并未有半分颤动，哪怕他的面上还是那副如松似竹的超然。

可荏南就是知道，从他眼尾痕迹现出的极微弱的波纹、他眉心几不可见的收拢、他喉结细细的一点起伏，她就知道了。

他很在意，在意得不得了。

她笑了下，好好欣赏了一会儿，才继续说："那时候我才几岁，你还在外省上学堂，有次在席上，两家大人说要当儿女亲家，把你和二哥当萝卜白菜一般，薄利多销塞给我阿爹，大人们都当作玩笑话，以为我不记得了。"

"我虽然年纪小，却一直记得一开始的时候我要的便是你。"

"我阿爹挑了你，说你会疼人，我也挑了你，你可知为什么？"

说话间，荏南侧着跨坐到了江庆之的腰腹上，裙摆半掀在膝盖上，长发垂落下来，如月下的潮汐轻舐着沙岸，拂动着庆之的身体。

他被这潜入幻梦的妖女蛊惑，那只用来握笔的手顺着洁白的裙摆抚上了她的腰，镜片后的眼睛只望着她一人，不再杀伐决断，只余下清醒的沉沦。

“为什么？”江庆之如她所愿，开口问道。

茬南抬手，沿着他的下颌轻轻拂过，一路滑过唇线、鼻尖，最后停在他那副金丝眼镜上，冰凉的金属与她的皮肤相触，指尖轻弯，将眼镜取了下来。

“因为你生得好看，和月亮一样好看。”

与月亮一样好看的江庆之未再赘言，那只放在她腰间的手瞬间收紧，让眼前的幻梦彻底落了下来，落进他的怀里。

江公馆静悄悄的，满墙的爬山虎在夜风中摇晃，只有一扇窗户透着光，直到很晚。

夜深了，有情人未眠。

番外四

失眠

ren nan

茬南回来不久就发现江庆之有些不对。

开始时并无异状，每夜大哥甚至比她还要先睡着，大概是因为即便心志坚定的江庆之，在她离开的四百多个日夜里，也绷紧到了极限。如今，她回来了，他也不再需要靠烟酒在深夜打发漫长的时间，而是尽量将公务压缩在白日，每晚都早早陪她洗漱共眠。

这样的日子没持续多久，茬南便发现了异状。

她在外波折时吃食并无保障，有什么吃什么，尤其蛋奶更是难寻，因此身上落下了些病症，夜里有时腿上会抽疼，如果恰好遇到她睡得浅时，就会惊醒过来。

每一次醒来，她还在迷茫当中，就有一只手伸过来替她轻轻揉着，另一只手揽过她的背拍着、哄着，她便又在这种模模糊糊的摇晃中慢慢睡着了。

次数一多，荏南便觉得有些不对，她知道江庆之向来警醒，自打他成年起，伴着他入眠的不是别的，而是枕头底下那块冰冷的硬铁，即便如此，他回应的速度未免太快了些，和夜里狩猎的狮子一样，从未真正有一刻放松。

若大哥想要瞒，便能瞒得密不透风，一点真心都不透露，这一点荏南最清楚，也最会对付，生来便是天作地造的相克，多一寸少一寸都没那么刚好。

她最会装乖。

自小在大哥这样眼明心亮的人手底下讨生活，荏南多少也修炼出了几招小聪明，她最擅长的除了装乖，便是装睡。

小时候，大哥总是在深夜工作完之后来看看她睡得好不好，或是帮她掖掖被子，或是将她忘了关的北窗轻轻合上。一开始她懵懂无知，等长到了青春年岁，有了隐秘心事，便舍不得这点潜在底下的关怀，为此她开始试着装睡，学会如何放缓呼吸，如何让眼皮分毫不动，如何让胸膛轻柔地起伏。她把自己伪装成毫无防备的猎物，才能在黑夜里捕捉到日益与她划开界限的大哥的这份似是而非的温柔。

如今，她又把这份本事用在了江庆之身上，早早便上了床，一副困倦的样子，没多久呼吸就沉缓下来。荏南闭着眼，感觉到光暗了下来，整个房间都陷入静谧的黑暗中，接着床垫轻轻沉了下，大哥似乎也躺了下来。

她耐心地等着身旁安静下来，却始终等不来大哥绵长的呼吸，在黑暗里时间变得更长，长到她终于露出了马脚。

“睡不着吗？”

荏南在一片黑暗里听见大哥的声音，清醒得不带一丝情绪，她在心中暗叹了一口气，自己太过在意，以至于到后来都忘记了自己的伪装，被大哥抓了个正着，只得装作刚醒的样子，含含糊糊地说道：“二哥今天带回来了些正山小种，松针熏的，我忍不住多饮了几杯。”她毫不愧疚地将明之拖下了水，祸水东引。

“他都是要出来担事的人了，做事还这般毛躁，就这样看着你喝吗？”江庆之丝毫不提荏南也是成年已久还在外游历过好一段日子的人，只将责任一概甩给了自家胞弟。若明之在这里，怕是要不顾交际场上翩翩公子的形象，诉一诉这黑心囡囡和偏心眼子大哥了。

可惜他不在，只能被荏南借着枕畔人的便利狠狠栽赃了一番，将这事糊弄了过去。

荏南不仅要栽赃，第二日还去找了苦主帮她圆谎。明之彼时正急着出门，一身的光鲜，头发梳得齐整，一身又细又软的开司米西装，连小羊皮的手套尖都透露着一股子花孔雀的招摇味，眼瞧着就知道又要出去搅风搅雨，却硬生生被荏南拖着手臂扯住了。

“撒开，撒开。”明之刚提了点声音，忽然警觉地望了眼楼上，把音量又降了下来，侧过身子颇有些嫌弃地看着囡囡，说道，“你莫来害我，要是被大哥瞧见你这拖油瓶的没出息样，又得来找我撒气了。”

“不管，我昨晚装睡被抓了个正着，说是你给的正山小种，若是大哥问起来，你别露馅。”荏南干脆吊在明之的胳膊上，死赖着不放手。

明之听了就头痛，伸出手给了荏南一下特脆的脑嘣，语气中带上些无赖，道：“你撒的什么劳什子谎，你什么时候见我喝过正山小种？我平日里酒都喝不过来，哪还有胃口装茶？”他又劝她道，“莫挣扎了，大哥自小看你长大，你少弄些花样，老实认错便是。”

“不行。”荏南越拽越紧，表情越发坚定，“我还没弄明白，哪能在这儿就折戟沉沙。”

明之看着自己的开司米西装都快皱成坛子里的梅干菜了，颇为心疼地摘了手套敲了囡囡脑袋一下，道：“赶紧折了，别来害我。”

荏南哪是那么好打发的，跟个千斤秤砣一样吊在明之身上，叫他寸步难行，最后明之只好松了口，问道：“你要弄明白什么？如今大哥一颗心都叫你搓揉捏扁，你还有哪里不满意的？”

这回荏南不吭声了，眉宇间是淡淡的郁色，并不像胡闹的样子。她沉默得越久，反而叫明之终于正眼看她，那股子眉眼里从来遮不住的浪荡褪了下去，多了些肃色冷杀，瞧上去倒有几分像江庆之平日的模样。

“说，若是你兜不住的事，更是要说。”他语气平淡，话里的意思却重。

茬南稍稍松开了些，看着明之的眼睛，说道：“倒不是什么塌天的事，只是……我也不确定，大哥他晚上……似乎都没怎么睡过。”

这话倒叫明之挑了眉毛，神色也松了下来，不过是睡不着罢了，茬南不在时他看多了，大哥就没有几夜是睡过囫囵觉的，于是随口问道：“怎么，他那安眠药不管用了？”

茬南一愣，问道：“什么安眠药，他何时吃安眠药了？”

她脸上是全然不知的焦急，手指捏在明之的臂上不自觉攥紧了，明之低头扫了一眼，接着便抬眼对她说：“你走后没多久，大哥便开始靠烟酒撑着，后来就吃安眠药，所以才一年多我便和你说火候够了，该回来了，怕时间长了，大哥这个没出息的真撑不住。”他又睨了她一眼，问道，“如今你都回来了，可比什么药都好使，我还以为他早该好了，难道是落下病根了？”

明之没有等来半点回音，不用看就知道茬南此刻一定心中绞痛，说不定还生出了后悔。这样好看的戏他可绝不会错过，干脆火上浇油，问道：“若知道今日，当初还走吗？”

听了他这话，茬南抬起了头，脸上有些白，但那双眼睛和月下被河水洗过的石子一样清亮亮的，声音有些颤却毫不动摇："走。"

"走的话，不过痛个一时，乖乖听话，才叫他和我都痛一辈子。"

明之笑着叹了一句："我早知道，比起大哥，囡囡你才是真狠心的那个。"

话音刚落，明之眼神一转，道："想要同大哥玩心眼，十个你捆一起怕都是不够的，可大哥从不在你身上玩心眼，若有谁能从他嘴里撬出实话，恐怕也就只有你了。与其左右试探，不如直接问的好，他的药之前锁在书房的抽屉里，我带你去拿。"

荏南还有些犹豫，便被二哥提了起来带去了书房。明之没给她踌躇的时间，立时便将西装上的金刚石胸针取了下来，毫不吝惜地折弯了些，三两下就将抽屉打开了。

里面有几份掩起来的文件，还有装着药片的玻璃瓶，瞧着已经吃了一半，荏南拿了起来，正午的阳光从玻璃窗里透了进来，在棕色玻璃瓶上反射出冷光，刺进她的眼底。

明之的眼神从那几份文件上扫过，他伸手将那瓶子接了过来，看了眼，说道："他最近应该没吃，上次锁进来时就差不多半瓶，如今还是这么多。"接着，明之的口气变得有些玩味，"看来不是药不管用，是大哥刻意不吃，存心叫自己睡不着，多半又是因为你才瞎折腾。我不蹚这趟浑水了，你二哥有正事要做。"

说罢，他便用羊皮手套轻轻抽了下花南，示意她出去。花南有些浑浑噩噩，顺着走了几步，手里还握着那只瓶子，走到一半，忽然回过头来，看着坐在那张檀木桌前的明之。他不过二十出头，一身倜傥风流相，从头发丝到指尖都似足了不事稼穑、脂膏自润的富贵浪荡子。当阳光透过窗外的爬山虎照进来，投下摇晃的光影，将明之笼罩在一片波光之中，逐渐模糊了他的面容，将那身风流褪了，他整个人隐在阴影里，慵懒地靠着椅背，指尖搭在檀木沉椅的扶手上，有一下没一下地敲着雕花浮纹，发出轻轻的嗒嗒声。

她莫名想起那夜送走自己时的二哥，也是这样一副寻常样子，将她推了一把，笑着说了一句“去吧”，待她走远了些，才从明之的眼底瞧出些风波，仿佛在看她，却又不在看她，不像是她亲近的二哥，倒像是砸了冰河从底下浮上来的剑，终于反射出冷沁沁的锋芒。

“二哥。”她轻轻开口叫了一声。

“嗯？”明之直起身来，看向她，轻轻问了一声。

“这次，你找到你想要的了吗？”她直视着江明之，心中想着，这次大概又成了与他的交易了。

明之的眼神从桌前的文件上一扫而过，最后停留在抽屉里那个极不起眼的小小印章上，他再抬头时，语气已轻松又快意：“当然，我想要的，从来都能谋得到。”

花南歪了歪头，说道：“你知道的吧，今日在这书房里的所有事，我都会一字不漏地告诉大哥。”

谁料江明之却笑了，眼尾带着锐色的风流，仿佛藏在杜鹃花里的匕首，笑着同她说：“我怕的是你不说。”

荏南瞧着这个并不熟悉的明之，心中多少有些感慨，或许以后她会越来越常看见二哥的这一面，他坐在那张椅子上，隐在阴影里，看着倒越发像年轻时的大哥了。

她轻轻地合上门，将明之一个人留在了书房。

当晚。

江庆之在外有应酬，回来时已近深夜。他之前特意打过电话吩咐荏南先休息，因此当轿车静静驶入时，江公馆的灯都已熄了。

木楼梯发出细细声响，黑暗中他伸出手沿着温润的木质扶手拾级而上，整座楼都沉寂在一片静谧的安睡中。江庆之将动作放得极轻，连夜风都未打扰，登上最后一级阶梯后，走廊尽头亮了点微光，是荏南为他留了盏灯。

江庆之在这片小小的光晕里放下满身的风霜，带着茧的手指触上冰凉的金属，转动黄铜门锁，推开了房门，呼吸放缓了一分。

房间笼罩在柔软的昏黄里，琉璃贝壳样的墙灯投射着光，荏南陷在被羽绒堆起来的高床里，黑发蜿蜒地披散开来，胸膛微微起伏着，连呼吸都变得悠长，显然已经睡得很沉。

江庆之在床边坐了下来，挨着睡梦中的荏南，她的掌心就这样轻轻在他面前摊开，被拢在被子里的膝盖抵着他的膝头。江庆之专注地看着，仿佛眼前是一个梦，冰凉的镜片也被这片昏黄晕染得温柔起来，他的眼神藏在薄薄的玻璃后，不可抑制地变得柔软。

江庆之看了很久，久到桌上“嗒嗒”走着的黄铜指针都累了，他才伸手，轻轻地覆在了荏南的锁骨下方。

扑通，扑通，扑通……

那里在跳着。

江庆之终于叹了口气，只短短一声，却含着数不清的愧与痛。

“你怕我死？”

黑暗中忽然响起了荏南的声音，她睁开了眼，语气中没有一点困意，只充满了疲倦和了然，一双眼睛锁住江庆之，不给任何辩解的空间。荏南向来是柔弱的、乖顺的，此刻却像个手执利剑的女神，将他钉死在这短暂的沉默中。

她坐了起来，黑发披散在肩头，丝裙在身旁漫开，整个人透着倔强和锋利，从枕头下面拿出一个棕色的玻璃瓶，里面的黄色药片看着就叫人舌尖发苦，她将那东西举到他面前，问：“你原来吃安眠药，是因为我不在。现在不吃药也不肯睡，是怕我死，对吗？”

他没有立刻答话，柔软的眼神又退回到那副冰凉的镜片之后，面上没有任何波动，依然是那个风云从旁过、泰山塌于前而巍然不动的江庆之，伸出手就要将那瓶药拿回来。

可荏南不让，她倔得很，指尖因为死死握住那瓶药都有些发白，皮肤和玻璃摩擦着发出难听的滋滋声，整个人都显得单薄又脆弱，偏偏那乌发里露出的一双眼睛亮得很，半步都不肯让。

"拿过来。"

江庆之终于开口，却只是避重就轻的三个字，手上不停，依然要去取那个瓶子，他真用了些劲，荏南是无论如何敌不过的，最后只能死死用指尖抓住，仿佛溺水的人抓着救命稻草，眼睛紧紧盯着大哥，在黑夜里闪耀着碎钻一样的水光。

那只棕色玻璃瓶在二人手里僵持着，荏南疯了一样往回夺，眼看着就要脱手摔个粉碎，江庆之松了手，说道："别弄碎了，伤了自己。"

他的手刚刚一动，还未撤回，便被荏南牵住了袖口，这一刻她仿佛变回了最初时的囡囡，在雨天里藤蔓低垂的墙下等着大哥的车来，只为与他在院子里短暂共行于一把伞下，只敢借着大雨悄悄挽上他的手肘，连动作都放轻，怕叫他察觉。

荏南泪盈于睫，乌密密的睫毛上闪着碎光，抬头看着大哥，声音也变得低了下来："大哥，你后悔了吗，你是不是后悔了？"

“即便到了现在，你还是想让我去过那太平日子，叫我嫁给二哥，不过是被我逼的，逼得你没了办法，所以你就这样夜夜折磨自己？”

她握住江庆之袖口的手指越发攥紧，用力到有些颤抖，指尖都在发冷。

下一刻，她的指尖便被江庆之握住，全部拢了进去，包在掌心里。荏南有些不敢抬头看，只听见大哥的声音，带着些无奈，仿佛是向她认输。

“我不后悔，我不会后悔。”

荏南的泪落了下来，滴在棉床单上，晕开一个浅浅的圈，但她仍不肯看江庆之，将剩余的理智归拢，维持住自己的冷硬，逼问道：“莫骗我，难道我说的不对？你每天夜里都不肯合眼，是为了什么？你方才盯着我，非要听我的心跳，又是为了什么？你哄孩子那套用不到我身上了。”

下一刻，荏南被江庆之整个拉扯到怀里，江庆之低下了头颅，侧耳贴在荏南的心口上，听着她的心跳。

这是个近乎示弱的姿态，从无软肋的江庆之此刻将所有的高傲都在她面前折碎，他的发刺着她的心口，让她觉得有些刺痒。然而，江庆之这难得的示弱姿态让她有些慌，也有些怜惜，她伸手抱住了他，将胸膛里那颗怦怦跳着的心脏与他共享。

“有一件事你说得对，我确实……”江庆之难得语塞了，半天才道，“我想你平安。”

荏南的呼吸变粗了些，她与他隔开些距离，便又听见他说：“但我不会放手。”

江庆之搂住她腰的手环得紧了些，与她的心口靠得更近，眉眼低了下来，埋在她怀中，叫她看不清面目，只能听见大哥的声音里多了些自讽的苦涩。

“在你心中，我大概快成了只求功德圆满的菩萨，动心忍性，无欲无念。”

“但我不是，囡囡，我只是再自私不过的一介俗人。”

大哥几乎从未在她面前说过这样的话，荏南沉默了许久，才有些怜惜地伸手拂过他低垂的眉眼，指尖插入他的黑发中，以一个女人而非妹妹的姿态将他纳入怀中。

“这不叫自私，这叫成全，大哥，你就当作成全囡囡，就当是我逼你的。反正若不是我用尽心思、百般算计，你也不会落我手里。”

荏南眼中还含着泪，却轻笑着安慰起他来，剖析内心、示弱自讽的江庆之对她来说太陌生，也太穿心刺骨，叫她下意识地便想安慰大哥，连生气都顾不上了。

“不。”

江庆之的声音疲惫而又坚定，他终于抬起头来，镜片后的眼神再无遮掩地看着荏南，卸去了所有的尊严与伪装，只剩下赤裸裸的他自己。

“我做过梦，不止一次。”

“即便你没动手，即便你嫁给明之，即便你真的成了所有人眼里我再也不能触碰的人，最后我依然会把你夺过来。”

“你问我为什么不睡，因为我不想再回到那个梦里。”

“我便是这样卑劣的人，用所谓的平安把你推开，又按捺不住地将你抢走。”

“囡囡，我就是这样的人。”

茬南没有再说话，只是看着眼前的大哥，看着这个显得有些陌生的男人，这个在她面前吐露着心底阴私的凡人。

神女伸出手，拯救了她的信徒。

“我知道。”

她抚摸过江庆之的眉眼，停留在他的太阳穴，感受着那里汩汩的跃动。此刻，她便是救赎，她便是慈悲。

“我知道你是怎样的人，在你向自己承认之前我就知道了。我坚信着，期望着，没有一刻怀疑过，只有相信这一点，才支撑着我离开你，也支撑着我活下去。”

“你说得没错，在我心里，你快成了完美无缺的神。如果可以，那就让我做你那点唯一的私心，没有别人，没有他物。”

“只有我，是你的弱点。”她将额头贴上江庆之，眼睛与他相对，毫不闪躲地看着他，“睡吧，没关系的，我哪里也不会去，何时也不会走。”

那夜，江庆之终于在荏南的怀中沉沉睡去，再未有梦，只有她的体温始终熨着，一夜好眠。

第二日，江明之睡到日上三竿才起，丝质睡衣潦草地挂在身上，还露出了点胸膛，瞧着就十分不正经，头发散乱地垂在眉眼上，端了杯咖啡小口喝着，连眼睛都还未彻底睁开，趿拉着拖鞋进了饭厅。

他一进去，睁不开的眼睛就彻底睁开了，本以为自家大哥早该去公司了，却没想到长长的黑檀木桌后就坐着江庆之，头发梳得齐整，身上的西装连个褶子都没有，看着像是主持会议一般正经，手里却拿了筷子正吃着一碗热腾腾的面。

见明之过来，江庆之抬了头，镜片后的眼神还是那副波澜不惊的样子，只提了筷子指了身边座位，示意明之坐下。

荏南在厨房听到动静，半探了身子出来，还像模像样地系了条围裙，热热闹闹地同明之说：“二哥，坐下吧，我给你也煮碗面，我的手艺挺好的，你放心吃。”

明之半边眉毛挑了起来，眼神在大哥和荏南间打了个转，接着将咖啡一放，安安心心地坐了下来，斜靠着椅背，姿态放松极了。江庆之睨了他一眼，对着浪荡子模样的弟弟并未多加赘言，反而吃面的动作快了些。

明之见他这样，更加确信大概是囡囡又搞定了这个老古板，越发放下心来，懒懒散散地饮了口咖啡，刚松下来就听见大哥发话了。

“东西拿到了？”

江明之的手顿了下，接着才将杯子稳稳地放到了桌上，抬起眼来，没有丝毫闪避，那双极为漂亮的桃花眼此刻去了总是招摇的风情，坦坦荡荡地望着江庆之，说道：“托囡囡的福，都拿到了。”

“嗯。”江庆之并没有半分气恼或责备的意思，只简略地颔了颔首，三两下将那碗面全吃掉了，抬腕看了看表，便起身打算要走。

他一动，江明之便下意识地站了起来，规规矩矩要送，却被他摁住了肩，稍一用力便让明之坐了回去。

“下次要什么便直接开口，要走这条路，那这世上诸事没有你不可利用的，包括我。”

“但有一样，你不许动。”

这是江庆之以兄长和江家家长的身份下的命令，亦是警告。

江明之沉默了一瞬，接着才说道：“知道了，大哥。”他又轻笑起来，桃花眼弯弯，调侃道，“我便知道囡囡是个漏勺，这才不到一晚，她就吐了个干干净净，一点不剩。”

江庆之是个护短的人，且是个偏心眼的护短人，头都未低，只扫了他一眼，轻描淡写地说："这不是正合你意，你特意带着她去，不就是想借她投石问路吗？"

他俩的对话正好被端着热腾腾的面进来的荏南听见，她将面碗往二哥的眼前一放，放稳了之后才气呼呼地说："我是漏勺，你便是筛子，成天八千个心眼子用在自家人身上，还不如我这个漏勺。"

明之指着她，笑骂道："好呀，我便知道你是个过河拆桥的，如今不是昨日找我时那副苦巴巴的可怜样了，小心下次我再也不帮你，让你自己吃苦头去。"

"不帮就不帮，你不帮我，我就找大哥告状去。"荏南一点不怕，立刻回嘴。

"都是要做新妇的人，哪能还像个小孩子一样动不动就告状，也不害臊。"江明之拿起筷子吃了一大口热乎乎的面条，烫得龇牙咧嘴，还不忘再刺一句荏南。

"我自小便是这样，你又不是不知道。"荏南半点不落下风。

"告状也没用，我可是大哥的亲弟弟。"

"有用，我可是他太太。"

"你还未做新妇，面皮就比城墙拐角还厚。"

二人斗嘴斗个不停，江庆之拿起椅背上的外套转身出了饭厅，直到了门廊时都还能听见两个冤家吵闹的声音。廊上的花窗玻璃漏下绮艳的光，点在他眼下，晕开一片霞蔚，就在这一瞬间，恰好照亮了他于无人处露出的一点笑意。

他打开门，走进风雨里，将身后一室的牵挂藏于背后，妥善收好。

番外五 一梦黄粱

ren nan

荏南

明之和荏南订婚已有一年，二人订婚后不久就一同回了欧洲完成学业，自那以后江公馆就越发冷清。江庆之忙于工作，也没有半分空闲，往往到了夜深人静的时候，院子里才会静静驶入一辆汽车，将他送回这孤零零的家。

他越发瘦了，这样高的个子，却连去年的大衣都有些撑不起来，松松地笼在身上，看上去倒有些凌厉，叫人不敢直视。江庆之的威严让公司上上下下都颇吃了些苦头。

日子似乎从某一刻开始就静止了，每一天过得都大差不差，不过是春暖秋寒、日升日落，穿些什么，吃些什么，于江庆之而言没有什么区别。

他并不感觉痛苦，也没有悲伤，反而觉得日子很平静。每日都有事情做，每日睁开眼睛便知道今天会如何度过，说不上充实，但也并不虚度。他的心是牢的，就锁在胸膛里，虽然不会再悸动，但是也没有忧虑。

自荏南离开后，他再也没有去过囡囡的房间。

正是他亲手送荏南上的船。

汽笛声长长一鸣，细雨将几人全笼在蒙蒙水雾中，荏南的头发上沾了碎珠，比远方的天色还要苍白几分，她不在意地伸手拢了拢，始终低垂着眉目，身旁站着的明之撑起了伞，被她中途拦了下来。

“不用，马上便上船，不会再淋着了。”

她的手按住了江明之半握着伞的手，并未放开，江明之瞧了她一眼，多少有些玩味打量的意思，却也没说什么，任由她握着，二人如今已经是正经的未婚夫妇，还将一起去欧洲留学，这样的举动再合适不过。

自始至终，江庆之都未发一言，甚至连眼神也未落在二人交握的手上，更未有过一丝波澜，头发梳得齐整，身上长衣笔挺，依然是那个无情无念无所耽的江庆之。

然而，荏南与他都知道，他身上穿的西装、衬衫、领带全都是荏南打理的，细细熨烫，从不假手于人，妥帖地按顺序收好放在他的衣柜里。同样，荏南与他都知道，今日大概是他最后一次穿她亲手熨过的衣服了。

“走吧，别误了。”江庆之听见自己说，声音里没有一丝哪怕最微末的不舍与迟疑。

荏南低着头，顶着漫天的雨雾轻轻笑了下，接着抬起头看他，睫毛上是细细密密的碎光，大概是被雨打湿的，眼睛里有着不容错辨的亮色，仿佛要在这雨水中烧出最后的烈焰。她方才牙齿咬着下唇，咬出了白印也全然不在意，只是看着他，终于开了口。

“误了？上了这船，就不会误了吗？”

江庆之没有避开她的目光，只是承受，却无半点回应，也不能有回应，他已经亲手将囡囡的希望拔得一干二净，又怎么会再种上半分。最后，他也只是望着不远处停泊的巨物，叹了一句：“船要开了。”

这便是回答。

茬南轻轻合上眼，再睁开时已不见了水光，半侧过身，与他一同望着巨轮，同样叹了一句：“是啊，船要开了。”

接着，她挽了明之的手，要同他一起离去，明之却停下脚步，回头对着江庆之说道：“大哥，从此以后，囡囡便交给我照顾了，放心，我会待她好，叫她快乐。”说完这话，明之亦执起茬南的手，两人并肩朝着那艘要带着他们去往另一片土地的轮船走去。

白茫茫的蒸汽混着嗡鸣的汽笛，让整座港口都微微震动，巨轮离港，行人远游，雨雾细蒙中，只剩下江庆之一个人的身影，独自站在天水之间，身旁再无一人。

等再归来时，已是一年以后，江明之完成了在欧洲的学业，便发了电报回来让江庆之筹备婚礼，二人订婚已有一年，如今荏南也长大了。

“正该成家立业了。”

江明之在拍来的电报里言简意赅地催促着大哥，还交代二人不在国内，父母也在国外休养，一应事由便都交给大哥操办，他们只等着回来参加就好。

这一年来，江明之拍过无数封电报来，而荏南从来没有传一个字回来，像彻底消失了一般，江庆之只能从江明之的只言片语里探寻到些许她的痕迹。

“荏南夜里少眠，白日少食，拉她去打网球，精疲力尽，多添了碗饭。”

“荏南不善拉丁语，性子还倔，每每学到深夜。”

“荏南吃不惯生蚝，吐了半宿，现已大好。”

“荏南去了沙龙，交到了朋友。”

“荏南拉丁语拿了第一，极开心。”

江明之传来的电报极其频繁，或是要钱，或是要物，或是要关系，总是借着荏南的缘由行自己的方便，江庆之都知道，却也都给了。

他几乎不主动问起荏南的事，对明之给的信息亦没有什么反应，直到这次接到二人要回来成婚的电报。

江庆之在办公室里坐了很久，久到公司里其他人都已离去，久到连秘书都被他打发离开，那封电报原样摊开在桌上，无人去动。

那一夜，他第一次推开了荏南房间的门。这一年，他从来不让人进去，连打扫也无，因此落了些灰。江庆之总觉得这里还留着一点她的味道，虽然微弱，却还是存在，他怕把这点最后的气息也给驱散了，所以不让任何人进来，包括他自己。

江庆之静静地站了很久，才伸出手来，浮在荏南的桌前轻轻抚摸过去，拂过她未收起来的珍珠耳环、散落的彩色铅笔、一副兔毛手套、往日里带去学校的布袋子，还有曾经夹在头发上的小发饰。

他的指尖始终与荏南的物品隔着一寸距离，从未真正碰触到，像是害怕惊走不存在的蝴蝶，也像是怕自己从回忆中醒来。

直到第一缕天光亮起，从荏南曾经无数次趴着巴望他的窗台照进来，江庆之才终于被现实叫醒。

那扇门轻轻合拢，最后还是关上了。

一个月之后，江明之带着荏南终于回来了。

二人一回来，便给这座寂静了很久的公馆添了不少热闹，他们到家时江庆之还未从公司回来，是家中管家特意打了电话给秘书，本还有会的江庆之才推了行程匆匆回家。

还未进门，他便听见门内欢闹的笑声，明之似乎在同家中用人说着见闻，不时还大笑两声，热闹极了。

“我们去出海海钓，法国的鱼大概是懒散惯了，蠢得很，一钓便上来，各个都痴肥得很。在海上现杀了再烤，只用撒些粗粒海盐加迷迭香就美味得很，最后还钓上来鲨鱼，凶得很。”

簇拥在一旁的女佣随着江明之的讲述又是笑又是怕，不时发出阵阵惊呼声。江明之的笑话信手拈来，取之不尽，江庆之边听边将公文包交给管家，正打算进去，便听见了久违的声音。

“明之，莫逗他们了，正经些，大哥马上要回来了。”

这个声音是荏南的，依然如往日那样柔，却多了些沉静，仿佛经历了一整个夏日烈阳后终于在秋日里成熟的红浆果，叫人听了也愉悦几分。她不再喊二哥，而是叫他明之。

门廊上的脚步停了一瞬，接着如常往里走去，江庆之进去的一瞬间，笑闹声一下子停了，所有人都看向他，唯独一人背对着他，过了一会儿才转过身来。

“大哥。”荏南笑着叫了他一声，“我们回来了。”

江庆之明白，从今以后，荏南口中的我们不会再有他。

婚礼筹备得很顺利，还剩半月时，两人的父母也从国外回来了，共同见证这从小订下的婚约变为现实。

回来以后，二人虽然是马上便要成婚的夫妇，但是依着礼数到底还是分开住了，荏南住回了自己原来的房间，那里一切如常，打扫得干干净净，什么都没动过，连灰都不曾落下，仿佛她只是昨日离开了一天，今日就又回来了一样。

张妈絮絮叨叨地说："小小姐啊，这里都是张妈刚打扫的，之前大少爷不让人动，所以张妈一直没进来，若是有什么还没整理好的地方，你就和我说，我再来弄弄清爽。"荏南点点头，并没有多少多余的表情。

她住回了这个与大哥相隔最近的房间，却再也没有往走廊深处多瞧一眼，再也没有在门后等那个人上楼的脚步，再也没有趴在窗台上悄悄张望过他的身影。

婚礼当日，荏南穿上了大哥为她准备的婚纱，只需看一眼那婚纱上极为繁复却又轻盈的刺绣，便知道起码筹备了大半年的时间，她望着镜子中纯白的裙摆，眉宇间是自己都陌生的神情。荏南伸出手轻轻抚摸过冰凉的镜面，露出淡淡的微笑，接着自己将白纱放下，遮掩住了一切表情。

婚礼按例是要由父亲牵着新娘走过礼堂的，但荏南的父母都早已过世，本来要由江明之的父亲牵她的，却因坐轮渡从澳大利亚回来的长时间奔波，本就落下病根的江父腿疾复发，只能坐在轮椅上休养，自小半教半养着两兄妹的江庆之便接下了这个任务。

于是，当荏南推开门时，等在外面的是穿着燕尾服的江庆之。

二人站在门内外，只剩下光从走廊尽头高处的彩璃雕花窗中落进来，日光中浮动的微尘随着看不见的风而起伏，这便是他们能共处的最后一曲沉默。

直到婚礼的乐声响起。

江庆之抬起了手臂，做出一个供她牵挽的姿态，这个动作他曾经做过无数次，同她共舞时做过，与她在一把伞下走过落雨的院子时做过，带她去裁新衣裳时也做过，而如今他要亲手挽着她，将她交给旁人了。

茬南没有说话，只是走了过去，安静地挽住他的手臂，像一只找到归宿的倦鸟，再无挣扎，随着大哥的动作，一步步去往另一个世界。

悠扬的小提琴声越发响亮，缠绵的低音钢琴轻轻和着，二人同时迈下一级级台阶，他穿着燕尾服，她身着纯白纱，好像这世间最登对的新婚夫妇。

只这一瞬，似是眷侣。

然而，这台阶终于走到了最后，再转过一个拐角就要真正分离。

不知是谁先停了下来，二人默契地停在了最后一级台阶上，没有人再迈步。茬南握在他臂弯的手指似乎在轻轻地颤抖，如同落雨后的蝴蝶最后的振翅挣扎，她终于还是隔着那朦胧的纱看向江庆之，隐约可见的一滴泪含在眼中不肯落下。

“你会后悔吗？”她轻声问道。

江庆之没有回答，早已失去回答的资格，早在他决定推开荏南的那日，他就已没有任何资格再来动摇她半分。他这副躯壳之下的内脏早已被绞成碎块，骨骼却依然完好无损，支撑着他走到今日，支撑着他亲手送走此生唯一的爱人。

可残余的、还没埋葬干净的灵魂在呐喊，叫他放弃，叫他认输，叫他行差踏错、再无约束，玉石俱焚又如何，生死共灭又怎样，痛痛快快与相爱之人走这一遭就无憾了。

他下意识地张开唇，却说不出一个字来。

不待他说话，荏南眼中的光迅速陨落了，她终于低下头来，牵着他的手轻轻地往前带了一步。

“走吧，大哥。”

心如磐石、绝无转移的江庆之此刻被这只纤弱的手轻轻一推，便再无抵抗，他只能这样带着他的囡囡，去嫁给与他无关的平安顺遂。

乐曲响，歌舞起，宾主尽欢，好事终成。

江庆之执着荏南的手交给明之的一瞬间，他听到了自己的灵魂被彻底埋葬的声响，他笑了笑，与旁人一起为这对佳人鼓掌庆祝。

婚后第三年，江明之与荏南依然去了欧洲，明之继续深造，荏南则在那里正式就读，接着完成此前因婚礼而暂停的学业。这次离开后，他俩传来的音讯随着时间渐渐变少，江庆之也未催促过，只是一人守着孤宅。

他这几年越发熬得厉害，几乎要燃尽自己的生命一般，呕心沥血，亲力亲为，几乎要住在公司，不过三十出头，鬓上便添了些霜雪之色。

后来，明之拍了电报来说自己要先回国，荏南完成学业后便会跟着回来，江庆之一反常态地立刻回复他不许丢下荏南独自回国。然而，明之是先斩后奏，待大哥的电报送达时，他早已搭上回来的船。

江庆之为此难得发了怒，将刚刚回国的明之关在书房狠狠骂了一顿，奈何明之是个面皮老的，又拿荏南做借口，说是她让自己先回来的，江庆之还是亲自下了令禁足，还差点动了家法，只是被明之一句话问住。

“大哥，你究竟为何这样生气？别忘了，囡囡不仅是家里的小妹，更是我的妻子，这是我们夫妻共同做出的决定。”

那日，江庆之最后拂袖而去，再未和明之说过一句话。

然而，江明之并未消停，即便在禁足时都找机会溜出去，禁足结束之后更是不见人影，日日不知去了哪里，江庆之便派人去查。

原来，江明之与几位富商的子女混在一块，一起的还有不少新秀的青年人，跟江明之一样是在欧洲游学的，在那边接受了进步思想。除此之外，其中还不乏与他十分亲密的女子，共进共出。

这次江庆之终于将明之提了来审，叫他并未预料到的是，如今明之已不再是那个虽然浪荡但是还算听话的弟弟了，露出了自己的獠牙。

“就是你查到的那样。”江明之镇定自若地给了这么一句解释，接着说，“咱们江家不止有你，还会有我。”

江明之立在书桌前，再无躲避地袒露着自己的野心。然而，明之到底不敌江庆之多年的威压，他只用沉默便足以叫明之的神情慢慢染上肃色，变得警觉。

“我给你选的并不是这样的一条路。”

江庆之的指尖在桌上轻叩，发出一声极细的闷响，抬头时的眼神叫明之下意识地挺直了脊背。江庆之并未再说什么，也无须再说什么，江家家长的话从来一字泰山、力钧千斤。

只是江明之到底也姓江，身体里流着的是与大哥一样不甘于这尘世的血液。明之稳了呼吸，拿了根烟出来，侧首将它点燃，深深吸了一口，待烟气从肺中吐出，将二人之间的距离全部填满之后，他隐在迷雾后，对大哥说道：“我要走的也不会是你选的路。”

下一刻，他又轻飘飘地丢下几个炸弹：“这几年来，我知道你有心腹在欧洲盯着我和荏南，但你近乡情怯、心中有愧，到底不能步步紧逼，所以被我寻到了空子。我问你要了这样多的东西，一样都没有浪费，全都用到了要紧处。如今，你就是断我财源、人脉和支持，我也有自信能一步步往上爬。”

江庆之看着眼前这个有些陌生却又从未如此认真的弟弟，不再僵持，反而坐了下来，从桌上的烟盒中取了一根点燃抽了起来。他并不急着开口，只是与明之一同抽着烟，任由烟草味在空气中蔓延。二人一时沉默，直到燃到一半的白灰就要无声落下时，江庆之伸手在玻璃缸中一点，烟灰准确无误地落了进去，与缸中来回游动、舒展着尾翅的金鱼交汇着跳舞，构成了一幅诡异却又艳丽的画面。

江庆之看着那条金鱼来回游动了一会儿，又变成了那个执掌江家多年、积威甚重的大哥，语气中没有半点波澜。

“就你如今这点手段，我若真想对你下手，不消一年，就能把你连皮带骨头都销干净，连父母那里都不会有半分怀疑。既然我做得到，那这世上自然也有其他人能做得到。”

“你在欧洲的动作，我并非不知道，只想着是小打小闹，还不必伤筋动骨地敲打你，只要你还是江家的二少爷，我总护得住你。”

“你回来后，我放任了你一段时间，但你知道，自我要查你到信件摆在我案头，花了多久？”

江庆之并未再抽，只是拨了拨烟，让灰继续落下去，动作就像他整理家事时一般干脆利落，他对着江明之伸出手指，比了个数字。

“三天。”

那根烟被彻底熄灭，淹没在玻璃缸中，金鱼好奇地去接，却又立刻转身游走，避开了那半根残烟，而江庆之也下了最后通牒。

“我若真想摁死你，你就是再挣扎，也绝不会有出头之日。”

江明之终于变了脸色，久久未语，只是默然地坐在椅子上，看着那玻璃鱼缸里的金鱼如何跳舞，直看到那根烟的每一根烟丝都被水打湿，彻底沉到了底，他却畅快地笑了出来，伸出手在玻璃缸上轻轻一弹。

“大哥，你这人从来心如磐石，可我忘了，我见过你心软的样子。”

自小被庇佑长大的小弟一直漫不经心地藏在舞台后的红丝绒幕布旁，静静地看着，看了那么多年，终于借囡囡撕开了大哥坚硬无缺的面具。

“我知道你的软肋，也知道你硬撑着也要将囡囡推开是为了什么。大哥，你或许对其他人都狠得下心，却也有无论如何都狠不下心的人。既然你并非真的冷肺冷肠，我到底是你的血亲，或许我会吃尽苦头，或许我会被百般折辱，可你不会真叫我死。”

“只要不叫我死，只要我还有一条命在，我就一定要得到自己想要的。”

这次换了江庆之陷入沉默，他的指尖在坚硬的黑檀木桌面上轻轻摩挲着，半晌之后才问：“荏南可知道？”

这次回答他的不是明之。

“我知道。”

说话的是三年未见的荏南，她推门进来，穿了身半新不旧的绿旗袍，松松地笼在身体上，勾勒出婉约的线条，头发如妇人那样束了起来，浑身上下没有一点缀饰，身上还带着旅途的风霜之气，看着有些憔悴，却多了几分成熟与恬静。

她回来的事情并未通知任何人，连江庆之也没接到消息，因此并无准备，此刻就这样见到了远行三年的囡囡。他忽然什么也说不出来，方才的运筹帷幄全都没了，只剩下囡囡的大哥，曾经的大哥。

明之见荏南来了，起身去迎，十分自然地接过她手中的行李，回头望了眼还呆在原地的大哥，向荏南递了个眼色，便先行离开了书房，与她擦肩而过时，还轻轻捏了捏她垂下的指尖。

这一切都被江庆之收入眼底，他没有动，依然坐在原地，没有说一句话。

房门关好后，荏南在桌前的椅子上坐下，脸上还带着些倦意，然而看向江庆之的眼神却没有丝毫回避。她将落下的一丝发挽回耳后，一举一动间都带着风情，叫他觉得陌生的风情。

“大哥，好久不见。”

她甚至笑着同他打招呼，笑得极美，只是不再如往日那样仿佛枝头迎春花一样永远带着生机，而成了雪里青竹开的白花，生花则枯死，枯死待复生。

这声大哥空荡荡地落在了书房中的波斯地毯上，藏进了细长的绒毛里，虽无人回应，却将这书房染上了她的味道。她来之后，一切就都变了色彩，江庆之坐在原地，却觉得那声音顺着脚踩着的毛绒地毯不断爬上他的身体，叫他痛，也叫他觉得自己还活着，过了很久，他才终于开口。

“囡囡。”

这个称呼，江庆之已有多年未再唤出口，这一声囡囡叫两个人都有些愣怔，恍如隔世，仿佛他们之间从未有过龃龉，也没有三年的分离，更没有横亘在中间、再也回不去的从前。

茌南恍惚片刻才正了精神，抬起头来笑着同江庆之说：“大哥，你无须怪明之，他的事，我都知道，我也愿意让他去。”

她说得轻松，听在江庆之的耳朵里却如同响雷一般。

“你知道？你知道他都做些什么，同什么人在一起？”江庆之看着茌南，似在问，却也不在问。

茌南四两拨千斤，道：“我知道，他在做和你一样的事。”

这句话终于让那些被江庆之强行压在身体里的浮躁如同滚开了的水一样涌出来，他不知道是该庆幸，还是该痛。痛的是，荏南这句话里还存着对他若有似无的恨；庆幸的是，至少荏南还愿意恨他，至少她心中并非全然无谓。江庆之知道自己早不该有此奢望，该盼着囡囡早点忘记自己，将自己当作真正遥远又模糊的大哥，这样对囡囡更好，可他却依然无可救药地在心底存着一点令人绝望的希望，渴求着荏南能再多记他一分、一刻、一丝一毫。

江庆之的脸色终于有些变化，荏南却丝毫没有动摇，仍然挂着那恬静又知礼的笑，像个真正贤良淑德的妻子一般，替自己的丈夫辩解道："既然你做得，他为什么就做不得呢？"

江庆之心中的滚水越发烧得盛了，那些水泡带着致命的灼痛一个个浮了上来，荏南的每一个字都伴随着鼓泡破裂的声音，炸得他连耳膜都在痛。然而，即便如此，江庆之也没有松口，下一刻，他又变回了那个江庆之，那个完美无缺、毫无破绽的大哥，即便内里已经没一块好肉。

他说道："因为他是你的丈夫，也是我的亲人。"

荏南笑了下，说道："难道谁做了我的丈夫，这辈子便都不得自由吗？"

她说这句话时，终于转过来看着江庆之，眼中带着哀伤的讽刺，随即又慢慢平淡了下来，说道："既是要与我共度余生的人，那便该由我们夫妇二人决定如何度过。”

“大哥，我已经不是你的囡囡了，是你亲手将我交到明之手里的，你记得吗？”

江茬南才是最懂如何刺伤大哥的人，除她之外，任何人都无法如此精准地找到江庆之满身完美的防备下最痛的那处伤口，只一句话就如薄刃挑进脊骨缝隙肆意钻拧。

越是痛，江庆之便越是伪装得毫不动摇，为了劝茬南，他甚至不惜将明之的阴私抖了出来。

“那你又知道他同哪些女子厮混在一起吗？”

茬南却更加不在意地笑了，看着大哥的表情就好像时至今日他仍端了自己少时爱吃的草莓奶油蛋糕哄人一样，而茬南已经不再是那个贪嘴的囡囡了，她笑得妩媚，轻飘飘地说道：“知道啊，他快要回国时就已经与他们明着往来了，其中就有如今的女伴，这些他从未瞒过我。”

江庆之看着眼前这个落寞又带着风情的茬南，指尖在掌心握紧，问道：“你便要这样与他共度余生吗？”

茬南看了他一眼，倒带上了些仁慈，轻轻笑了下，同他耐心地解释起来，甚至有些哄他的意思。

“有什么不好的呢？我不够爱他，他也不够爱我，可我们都够了解彼此，也体谅彼此，他有他的追求、抱负、野心要去实现，我也有我这一辈子要过，至少同明之在一起，绝大多数时候我都是快乐的，比起约束着彼此，日日相对枯坐，我倒觉得现在这样更快活。”

“如今，我并不想要孩子，若哪一日我真觉得寂寞了，想要陪伴了，他也能给我一个孩子，让我有一个无条件爱我、永远不会放弃我的亲人，他答应过我的。”

荏南不断地说着，仿佛没看见这番话是如何将面前的大哥击碎一样，她的声音如同三月的柳叶一样柔，却似开春未化的冰刀子扎进江庆之的心脏，他摆在案上的指尖再也无法控制地颤抖起来。

少年时听闻家中巨变、父亲重伤时，他虽焦心，却也事事打理得有条不紊；后来独自支撑江家，他有过重担压身、煎熬心血的时候，可也叫他成长为独当一面的家长；再后来亲自送走囡囡，几乎将他摧垮，病了数回，到如今也未全好，但到底熬过来了。

此刻，江庆之听着荏南用春水般年轻的面孔说着这槁木一样的心声，那股自她离开后从未消失的噬骨之痛终于如被满月召出的汹汹大潮一般将他吞没，再无生还。

“我让你嫁给他，是要你平安，是要你过得安稳快活，是要你能一辈子有人陪在身边。”他听见自己的声音中带上了不可抑制的嘶哑。

囡囡笑了下，说道：“我心中没有多余的期望，就不必一日一日地忧虑，过得安心极了，以后我也会有自己的孩子，会儿孙满堂，会变成幸福的老奶奶，带着一群小孩子天天做游戏。”

“我有安稳，也会有幸福，虽然与小时候盼望的有些不同，但是世上哪来那么多圆满，能如此，便是大幸了。”

茌南此刻显露出坚韧与平静，从来不动如山的江庆之却似乎被完全击垮。

“这不是我要给你的，我的囡囡……我的囡囡应该有这世上最好的……最好的爱。”

他甚至连话都说不清楚了，脑中一片钻心的疼痛，还伴随着刺骨的耳鸣声在回旋，恍惚中，伸手碰到了那个玻璃鱼缸，“嘭”的一声，水花四溅，鱼缸变成了无数块碎片，水迅速在木地板上蔓延渗漏，只剩下那条金鱼躺在地毯上，挣扎着，张合着口呼吸。

江茌南的眸子落在大哥身上，她起身，将那条躺在地上的鱼小心地捧在手心里，将它暂时放入桌上的瓷缸里，而那里面盛了洗墨的水，艳色的金鱼落进洗墨水里，一下子被浸染成污色，她看着那金鱼游了一会儿，才轻轻地开口：“那东西很好，可我大概不配拥有。”

“还有，我不是你的囡囡了，你忘了吗？”

这话是最后一把刀，彻底击碎了江庆之最后的伪装，他摇晃着站了起来，连那副金丝眼镜都被碰掉了，掉在地上，然而他丝毫不在意，一下子将镜片踩了个粉碎，几步走到桌前，顾不得体面，一把抓住茌南的腕子，将她一下提了起来，囚住那细弱的腰肢，强迫她仰头看着自己。

“你是我的囡囡，只要我还活着，你就必须是。”

荏南被他抓着手腕，只能迎合向他的怀抱。然而，即便如此，真正握住命脉的那个人还是瘦得似乎能被他轻易折断的囡囡。

“你后悔了，大哥？”

她的眸子如星，眉眼似画，双瞳之中藏着足以叫他彻底疯狂的爱意，在此刻再无节制地宣泄出来，只看一眼，就足以叫人灵魂震颤。

她的信徒终于在神女面前俯首认罪、甘拜下风。

“我后悔了，从你离开的那一刻起，我就生活在永远的忏悔中。”

江庆之失去了理智的钳制，做回了未开化的野兽，吻向他以为再不会回来的此生唯一的爱人，这个吻如此虔诚，仿佛要将灵魂渡给她。

然而，在他真正触碰到荏南之前，一切便如迷雾般消失了。

“囡囡！”

江庆之从噩梦中醒来，丝质的睡衣贴在身上，已被汗浸得冰凉。他喘息着望向身旁，眼中带着从未有过的惶恐，在看到身边那个小小的身影时被安抚下来。

半梦半醒的荏南被这动静吵醒，还有些迷蒙，下一刻便感受到大哥狠狠地抱住了自己，不留一丝空隙，几乎叫她呼吸不得。

荏南有些不明就里，头发是一副乱蓬蓬的样子，睡歪了的几缕头发胡乱支棱着，瞧着好笑又可爱，她揉了揉眼，脸上还有睡出来的红印子，完全搞不清发生了什么。然而，骨子里对大哥的信任叫她下意识地放松了身体，任由他抱着，还伸出手拍了拍他的背。

这一下轻抚叫江庆之僵了下，随即荏南便感受到他在自己怀里终于慢慢放松下来。

“怎么了？”荏南小声问道，半途还忍不住漏了个哈欠出来，让尾音都跟着上扬。

大哥久久都未答话，只是贪婪又克制地闻着她头发的味道，埋在她的肩上嗅着她的肌肤，感受着她颈上汩汩跳动的血脉。

就在荏南真的要开始担心时，大哥终于回答了她。

“没事，只是……只是个噩梦。”江庆之答得简略，显然已经恢复理智，并未透露半分情绪。

下一刻，荏南的手抬高，顺着大哥的脑后轻轻抚摸着，嘴里还念叨着“呼噜呼噜毛，吓不着”。然而，她根本没坚持念叨几句就又睡了过去，只剩下温柔的体温熨着江庆之，叫他在黑暗里注视着熟睡的她。

他看了很久才抱着她躺了回去，与她十指交握，放在自己的心口。

还好，这只是个噩梦。

已经过去。

永远不会成真。